CONFRONTOS

Contos de Miguel Reale Jr.

GZ
EDITORA

Rio de Janeiro
2020

1ª edição – 2020

Imagem da capa:
Clovis Graciano

Diagramação
Olga Martins

CIP – Brasil. Catalogação-na-fonte.
Sindicato Nacional dos Editores de Livros, RJ.

R223c

Reale Jr, Miguel, 1944-

Confrontos: contos de Miguel Reale Jr / Miguel Reale Jr. - 1. ed. - Rio de Janeiro: G.Z, 2020.

144 p.; 23 cm.

Inclui índice

ISBN 978-65-5813-000-0

1. Contos brasileiros. I. Título.

20-65249 CDD: 869.3

CDU: 82-34(81)

contato@editoragz.com.br
www.editoragz.com.br
Av. Erasmo Braga, 299 – Sala 202 – 2º andar – Centro
CEP: 20020-000 – Rio de Janeiro – RJ
Tels.: (0XX21) 2240-1406 / 2240-1416 – Fax: (0XX21) 2240-1511

Impresso no Brasil
Printed in Brazil

DEDICATÓRIA

Aos fraternos e jovens amigos Alexandre Wunderlich; Antônio Sérgio de Moraes Pitombo; Antônio Tovo; Helena Lobo da Costa; Heloisa Estellita; José Horácio Halfeld Rezende Ribeiro; Marina Coelho de Araujo e Renato de Mello Jorge Silveira.

NOTA DO AUTOR

Estes contos escritos ao longo de dez anos reúnem-se sob o título de Confrontos. A designação decorre da percepção de que a existência constitui uma corrida de obstáculos, em zigue-zague, com algumas pedras na pista.

A vida é envelopada em uma rica multiplicidade de sentimentos, com busca incessante de felicidade e encontro muitas vezes apenas de decepções que os contos procuram retratar.

Mas algo é certo: apesar de tudo, é divertido viver.

Dois dos contos, B B Itaquera e Manga de Paletó já integraram coletânea de contos reunidos sob o título de Juristas Literários. O conto Anel de Rubi foi publicado na Coletânea Letras da Lei.

Agradeço ao Guilherme Zincone e à Editora GZ a acolhida desta obra cujo primeiro conto e a revisão ajudaram a enfrentar o isolamento revelando-me pelos personagens a consciência viva do que é viver.

SUMÁRIO

CARAMBA

Tudo tinha dado errado. Errado sempre.

Quando criança, era gordinho e sem jeito para jogar futebol e nem mesmo esconde-esconde. Sem imaginação e bem arredondado de formas, era descoberto de cara. Nunca conseguira escolher um bom esconderijo.

As professoras implicavam com suas garatujas no caderno de anotações, todo ensebado, que não mantinha limpo por mais que se esforçasse, sem manchas. O caderno de desenho não era diferente: a figura em nanquim ia bem até quase no final, mas sempre um derradeiro movimento borrava tudo.

Era um aluno medíocre, com notas suficientes para passar raspando, exceto em matemática, matéria na qual se saia bem, inclusive por vezes ajudando colegas com dificuldades para entender os teoremas.

Não deixou de ter um grupo de amigos, a maioria de sua classe no colégio, mas era sempre o mais recatado, jamais liderando qualquer iniciativa. Pelo contrário, aderia às atividades sugeridas pelos outros muitas vezes com as quais até antipatizava, como pular o muro nos fundos do hospital para colher peras duras no final de fevereiro.

Mas era admitido como bom companheiro, apesar de sofrer "bullying" por ser sempre lerdo no correr atrás de balão, jogar futebol só com o corpo derrubando adversários como zagueiro central, cometendo faltas desnecessárias.

Refugiava-se muito tempo no celular, não apenas entrando em joguinhos, mas se interessando por histórias da criação do mundo ou de guerras. Assim, tímido e se achando sem graça junto às meninas, buscava sobressair contando o que lera na internet, o que muitas vezes interessava, especialmente às meninas. Era visto como um cara tolerável e do qual as mocinhas se aproximavam, mas visivelmente sem qualquer intuito de namoro, mais como um amiguinho.

Lucas, assim era seu nome, jamais imaginou que pudesse namorar alguém. De antemão, já se conformara em ser admitido no grupo como instrutor de matemática ou contador de alguma curiosidade lida na internet, que os demais apenas rapidamente olhavam, a não ser para se divertir com os jogos disponíveis.

Sentia-se um estranho e era.

Percebia que, para sobreviver, deveria estabelecer uma meta, querer algo para não submergir na inação à qual muitas vezes era tentado a se entregar, com preguiça de sequer ir às aulas certas manhãs. Decidiu, então, que iria entrar na faculdade de biologia, na qual poderia desenvolver sua inclinação para estudo das ciências exatas e, ao mesmo tempo, se enfurnar em pesquisa, respondendo a desafios impostos apenas pela ciência e por si mesmo. Assim, viveria afastado dos demais, próximo dos parasitas e não dos homens.

Tomou consciência de ter dois caminhos: a pesquisa e a morte. Ambos dependeriam apenas dele e pelos quais alcançaria algum destaque, seja com a descoberta de uma vacina qualquer ou pelo suicídio ainda jovem, que atrairia a atenção de todos que, no fundo, ele sabia que o desconsideravam.

A morte prematura de um cientista por enforcamento no laboratório traria a ele, Lucas, o destaque que jamais tivera. Seria uma afirmação e uma vingança. Mas antes, cabia tentar obter uma meta que alimentasse sua vontade de viver: sucesso em uma pesquisa, para tanto, devendo agora dedicar-se ao estudo e finalizar o curso.

A melancolia por vezes surgia. Uma angústia por razão nenhuma. Porém, por vezes menos dolorida, a tristeza aparecia por todas as razões do mundo. Havia, então, pelo menos motivos: falta de reconhecimento, desprestígio, nenhum afeto feminino a lhe satisfazer, críticas dos pais a lhe repreender constantemente por ser muito acomodado, não sair sequer aos sábados à noite.

Estava no segundo ano da faculdade e jamais dera um beijo em uma mulher com sentimento mútuo de afeto. Tivera relações sexuais. A primeira, em ida com amigos a uma casa de prostituição no interior de São Paulo. Repetira a experiência com algumas mulheres em boates da capital mesmo, mas beijo de amor, com uma namorada, não.

No início do quinto ano, conseguiu estágio no laboratório Liebniz, que se dedicava à pesquisa com parasitas, tocando em especial um estudo com carrapatos buscando um novo carrapaticida, pois, na sua maioria, os existentes já não faziam mais efeitos por terem, especialmente em cachorros, criado resistências.

Não era a única pesquisa em andamento. Foi-lhe indicado trabalhar com a Dra. Araci, bióloga e infectologista conhecida, apesar de ter apenas trinta e sete anos. Primeiramente, coube-lhe examinar como os carrapatos haviam se adaptado às adversidades causadas pelos carrapaticidas em uso. Era por aí que começava o estudo, segundo a Dra. Iraci, para obter a formulação de novo carrapaticida capaz de vencer as resistências criadas.

Mas, muito mais do que a satisfação profissional, percebia era um imenso prazer de sentir o perfume emanado da bonita bióloga Dra. Iraci, cujas mãos longas de unhas bem cortadas pintadas de vermelho o extasiavam. Mas as mãos e a elegância de seus vestidos ficavam muito tempo escondidas sob as luvas e o avental. Era um instante de excitação quando retirava as luvas e delas surgiam aqueles dedos alongados que imaginava o acariciarem.

Fizera o estágio nas férias de julho e fora autorizado a seguir, por duas horas diárias, das 13 às 15, mesmo durante as aulas no segundo semestre, pois o laboratório, em ofício da Dra. Iraci, manifestara interesse em ter sua permanência na continuidade da pesquisa.

Na sala de aula, encontrou no inicio do semestre, uma nova colega, transferida de Minas Gerais. Um ímpeto o fez sentar-se ao lado dela, que ao se apresentar, Agripina, de Alfenas, pediu que a inteirasse das disciplinas e das matérias que seriam estudadas neste último semestre, para poder acompanhar sem maiores dificuldades as aulas.

Como aluno muito aplicado, não havia melhor auxiliar de ensino que, com dedicação, inteirou Agripina do andar de todas as disciplinas, muito pouco diversas das oferecidas no curso da Universidade de Alfenas, aliás, uma das faculdades de biologia melhor conceituada de Minas Gerais.

A convivência com Agripina, que preenchia os fins de tarde, completava a satisfação do trabalho de pesquisa no Leibiniz. Em um sábado, Agripina o convidou para um happy hour, dizendo ser ela quem patrocinaria em agradecimento às aulas e indicações recebidas. Lucas sentia que estava a trair o objeto secreto de sua paixão, a bióloga Iraci. Mas, assim mesmo, para alegria de seus pais, aceitou o convite de Agripina.

No happy hour, Lucas e Agripina conversaram sobre as aulas que haviam tido durante a semana. Lucas, com esforço, conseguiu perguntar como era a vida em Alfenas. Agripina disse que saíra de Alfenas por conta da vinda dos pais para São Paulo, mas também porque terminara um namoro de três anos e preferia esfriar a cabeça vindo para a cidade grande, conhecer mais gente.

No final, após pagar a conta, Agripina deu um beijo no lábio de Lucas, dizendo que o achava muito amável, uma pessoa amorável, disse ela.

Lucas, que sempre fora avesso a se envolver emocionalmente, ia ficando cada vez mais seduzido por sua chefe, de cuja vida pessoal pouco sabia. Aliás, era comentário geral no laboratório que Iraci tinha um noivo oculto, não se sabia porque. Podia ser um professor estrangeiro casado, dizia-se....

No entanto, o relacionamento com Agripina continuara, mostrando-se a colega cada vez mais interessada em Lucas, cuja paixão por Iraci, no entanto, não o deixava à vontade para iniciar um namoro ou mesmo sair mais vezes nos finais de semana com a colega de classe. Os pais de Lucas incentivavam a que respondesse às ligações de Agripina que, quando Lucas não atendia o celular, telefonava para o número fixo.

Não se poderia dizer que Lucas estivesse dividido entre ambas, pois a paixão oculta por Iraci residia na sua vontade íntima e virara uma obsessão, enquanto por Agripina, sentia uma amizade morna, tranquila. As mãos e o perfume de Iraci perturbavam seu sono. Com esforço, tirou notas de aprovação no último semestre do curso, sendo aprovado mais pelo aproveitamento do ano todo e pelo conceito de aluno aplicado durante cinco anos. Não era brilhante, nunca fora, mas esforçado e isto era reconhecido.

No final do ano, com a escusa de festejar o Natal e recebendo um beijo de Iraci, com cumprimentos também pelo fim do curso, Lucas, em um arroubo incontido, tentou beijar Iraci na boca. A reação foi imediata: "você confunde as coisas, Lucas. Continuará na pesquisa, mas não mais do meu lado", disse Iraci, vermelha de raiva.

Saiu arrasado do laboratório. No desespero, ligou para Agripina, convidando-a para uma cerveja no final da tarde. Agripina aceitou dizendo que pretendia mesmo falar com ele, antes de ir passar o final do ano em Alfenas.

Buscava um afago de quem se mostrara tão enamorada durante o semestre e a quem não desdenhara, mas tratara apenas com amizade distante. Seria uma compensação para quem nunca tivera nenhum relacionamento amoroso e se perdera em uma paixão incontrolável.

Merecia ter um pequeno horizonte, pois no laboratório sentia que seria posto meio de lado e todos se indagariam porque fora afastado do grupo da Dra. Iraci. Agripina seria, neste final de ano aterrorizador, uma tábua de salvação, um objetivo a ser buscado e construído. Não era o que pretendia, mas era o que restava.

Agripina estava mais bonita do que sempre fora, em um vestido florido no calor de dezembro. Parecia mais alegre do que de costume quando chegou ao bar onde Lucas a esperava, já tomando uma cerveja para refrescar o corpo e a cabeça.

Lucas não se conteve: "como está bonita, toda festiva com esse vestido".

"É, estou bem satisfeita hoje. Amanhã vou para Alfenas e meu ex-noivo me telefonou pedindo para conversarmos, pois está com saudades. E acho que eu também. Enfim, o curso terminou e o meu afastamento de Alfenas idem. Estava louca para lhe contar logo a novidade, pois sem você não teria tido força e conhecimento para tirar as notas que tirei. Serei sempre grata".

Lucas perdeu a voz. Não sabia o que dizer. Faltou-lhe o chão. Viu negrume pela frente em sua vida. Gaguejando, perguntou se tomava uma cerveja. Só depois de algum tempo, sob olhar espantado de Agripina, conseguiu balbuciar: "que boa notícia, esperava que trabalharia em São Paulo, como programava".

Agripina, assustada com o rosto branco de Lucas, perguntou se estava passando bem. Lucas, então, disse que sim, apenas tivera um mal-entendido no laboratório. Agripina prometeu enviar mensagens de Alfenas e, logo terminada sua cerveja, despediu-se, deixando Lucas a olhar o copo meio cheio à sua frente.

O laboratório fechou nos feriados de fim de ano. Sem trabalho, Lucas fechou-se no quarto e pouco saiu, apenas para desejar feliz ano novo aos pais e aos vizinhos de andar do apartamento.

Arrastou-se na vida neste final de ano, com dias e especialmente noites muito longas, sem vontade para nada. Esperava que a raiva da Dra. Iraci estivesse menor com a passagem do feriado.

Enganou-se. Dra. Iraci pouco o olhou, apenas determinando que doravante cuidaria dos fichários e poria em ordem os comunicados que recebiam dos órgãos oficiais. Foi enviado para trabalhos burocráticos, que qualquer secretária com escassos conhecimentos de biotecnologia e de medicina poderia fazer.

A falta de horizonte o deixava exasperado. Sem visão de futuro. Sempre pensara em se destacar em alguma pesquisa importante: e agora, classificava documentos oficiais.

Pensou, então, no outro caminho que sempre se pusera à sua frente para ter um destaque na vida: uma morte marcante, que ficasse registrada. Sem horizonte de vida, restava a morte como um espetáculo que o destacaria. Iria se envenenar com vírus do laboratório e se enforcar em seguida nas barras de ferro existentes acima dos balcões dos ensaios de pesquisa.

O único divertimento era imaginar como se daria a morrer e como seria o palco da desgraça. Como ficaria a Dra. Iraci? Como ela se sentiria culpada por ter dado causa a esse desamparo. Foi adiando a data fatal para gozar destes instantes de êxtase ao imaginar a própria morte.

Planejava matar-se em pleno carnaval, quando o laboratório ficava fechado e poderia preparar com cuidado e esmero a cena. Já era um esforço viver até lá. Em início de fevereiro, já se apontava a epidemia do novo coronavírus. O Ministério da Saúde já declarara Emergência de Saúde Nacional e, logo depois, saía uma lei específica sobre o enfrentamento a Covid-19.

O suicídio foi adiado à espera de poder vir a integrar pesquisa do laboratório sob a supervisão da Dra. Iraci para estudo de medicamentos que minimizassem os efeitos causados pelo novo vírus. O grupo começaria após o carnaval. Lucas ainda alimentou a esperança de ser chamado para compor esse grupo de trabalho. Engano. Não foi indicado na lista de pesquisadores dada a conhecer na quarta-feira de cinzas.

Lucas ficou mesmo destinado a registar documentos, em especial os relatórios que chegassem sobre o vírus no Brasil e em outros países. A falta de futuro mostrou-se ainda mais clara. Nada a fazer à frente e o desânimo tomou conta integralmente de seu espírito. Restava continuar o projeto de se matar.

Mas se apercebeu de uma nova desgraça: a morte não seria mais um acontecimento importante. Ela se banalizara mundo afora. A morte era uma constante de todo dia nos noticiários, nas conversas. A morte não seria mais um fato excepcional, a chamar a atenção de quem quer que seja.

E muito menos como planejara: uma morte com vírus inoculado e enforcamento sobre a bancada de tubos de ensaio. A morte perdera o efeito extraordinário possível ao recair tragicamente sobre um jovem pesquisador, que injetado de vírus, se enforcava em laboratório. O novo coronavírus tirara a dramaticidade da morte que imaginara para si.

Nem o suicídio o satisfazia agora. A morte deixara de ser um fato singular, virara coletivo. Só lhe restava, então, catalogar documentos sobre o coronavírus, quieto na sua escrivaninha, olhando de longe a Dra. Iraci

BIG BROTHER ITAQUERA

Capítulo I

Havia meia hora que dera término à aula. Estava no trânsito, vindo de Itaquera. Eram quase onze horas da noite. Apesar de não ser a primeira experiência desagradável na escola, dessa vez ficara abalada. Encerrou a aula antes de a sineta tocar. Depois da afronta de Carolina, uma das alunas rebeldes, sequer fora à sala dos professores. Passou no banheiro e graças a Deus não havia ninguém. Sentiu, então, a liberdade de deixar correr umas lágrimas, contendo qualquer soluço para não chamar a atenção.

Agora, ainda trêmula, dirigia no tráfego. Ganhava pouco, como previra o pai em repetida reprimenda por sua escolha profissional. Todos os dias, até quando decidiu morar sozinha, no terceiro ano da faculdade, ao chegar em casa do curso de História, já tarde da noite, ouvia essa cantilena: professor não vale nada nesse país, você vai ganhar uma miséria, mas pôs na cabeça. Que fazer!

Lecionava História do Brasil, tendo preferência pelo período imperial com atenção ao problema da escravidão. Os alunos do curso colegial, já mais velhos, eram mais diferenciados. Haviam tido condições de ultrapassar a barreira do curso fundamental e agora, já jovens adultos, trabalhavam e alimentavam ambições de uma profissão mais conceituada. Mas, nem por isso eram, pelo que notara até meados do segundo semestre, menos agressivos que os mais jovens.

Luzia era o tipo da moreninha "mignon", rosto espevitado, corpo pequeno mas bem formado, com olhos pretos bem determinados. Puxara a família do pai, de origem calabresa. O pai, dono de uma pequena metalúrgica, seguira a tradição do primeiro Giannoti, chegado ao Brasil no fim do século XIX para trabalhar como serralheiro e metalúrgico. Pela fotografia do bisavô serralheiro, os olhos dela eram os mesmos, mas a feição segura, de quem sabe o que quer, por vezes era enganadora.

Luzia fora sempre considerada rebelde, a terceira filha, sendo o primogênito Maurício o preferido especialmente do pai. Maurício obedecia às ordens paternas. Torcia alucinadamente pelo Palmeiras e, com apenas onze anos, ia todas as tardes de sábado e nos domingos pela manhã fazer trabalhos na metalúrgica para aprender o ofício paterno. Era, contudo, um espírito fraco, mesquinho, mimado, e os naturais problemas dessa educação foram minimizados ou piorados pelo protecionismo paterno.

O irmão do meio, Luca, dois anos mais moço que Maurício, tentava copiar o irmão em tudo, mas tinha a vantagem de cair nas graças da mãe. Era o seu preferido, apesar de todos os disfarces com que pretendia encobrir esse xodó pelo menino que nascera mais fraquinho e parecia o tempo todo ser um coitado a precisar de proteção. Luzia gostava e dava-se bem com Luca.

Com ela, Luzia, já fora diferente. Temporona, nascera anos depois de Luca e, quando chegou ao mundo, já encontrara a lhe esperar uma família com seus hábitos enraizados, um irmão mais velho cinco anos e outro três.

Todos diziam que ao nascer fora a alegria da mãe, que tivera de reaprender a trocar fralda e só a chamava de "minha doçura". Todavia, desconfiava que não fora essa a recepção pelo pai, a se ver que havia poucas fotografias dela bebê. A mãe também dera tratamento menos acolhedor.

Luzia descobrira com sete anos que nem se fizera, como para os irmãos, o álbum com a figura do pesinho, a lista dos visitantes na maternidade e o registro dos dados de peso, altura e freqüência das mamadas.

Em umas férias, sentada no chão a folhear álbuns de fotografia, o casamento dos pais, festas de família, indagou à mãe sobre o seu álbum de bebê. A mãe, desconcertada, tentou uma desculpa para ao final confessar que não havia álbum, porque atarefada com o cuidado com duas crianças e ainda grávida, não tivera tempo de comprar o álbum. Depois do parto o trabalho fora, é lógico, ainda maior.

Luzia não deixou de revelar nos olhos a sua surpresa, mas conteve o choro e fixou a vista na fotografia à sua frente: na porta de uma igreja, retratava a família no batizado do Luca, a mãe toda sorridente com um bebê mirrado ao colo e os tios maternos, que foram padrinhos, também olhando o pimpolho, que mantinha os olhinhos fechados com jeito de cachorrinho com quarenta e cinco dias.

Tão logo a mãe saiu da sala, Luzia lembrava-se ter corrido ao telhado da edícula, subindo pelos buracos de ventilação do quartinho de cima e chorado a valer, sentindo-se a mais desprezada das crianças. Pais ingratos, ela havia sido indesejada, sem dúvida. Nada haviam registrado de seus primeiros meses de vida! Mas não deu o braço a torcer. Passado o choro, recomposta, nada fez transparecer de sua tristeza.

Luzia, por temperamento, não gostava de revelar seus sentimentos, especialmente quando indicavam alguma fraqueza e fora assim aos sete anos e era assim hoje, quando dirigia o seu Fiat para casa, no bairro do Tatuapé. Normalmente, ia de metrô dar aula lá pelas sete horas da noite, saindo do emprego no centro da cidade em direção ao fundão da zona leste, com os vagões repletos pela volta a casa de milhares de pessoas. Mas era mais seguro, e até mais rápido, do que ir de carro.

Agora, mordendo os lábios, inconformada com o ocorrido, estava decidida a não ir à casa do irmão Luca festejar o aniversário da cunhada, única razão pela qual fora de carro, pois Luca morava, recém-casado, na Vila Prudente. Ao chegar em casa, telefonaria. Se fossem os pais e os demais, com certeza desconfiariam que algo de errado se passara. Não estava com espírito para explicações ou disfarces, além do que, agüentá-los não era sempre sua escolha preferencial, especialmente o irmão mais velho com o qual tivera um desacerto grave.

E a verdade do ocorrido jamais contaria. Talvez ao André, seu colega de colegial, com o qual tivera um caso passageiro e que se transformara em boa amizade, por compartilharem dos mesmos ideais e serem, efetivamente, muito parecidos, com história de infância similar. Por isso mesmo, não poderiam ser namorados, não havia o que confrontar, as opiniões coincidiam, nada se somava, apenas se repetia.

Ao chegar em casa, um apartamento de quarto e sala, mas com a sala pelo menos de bom tamanho, 3x3, no terceiro andar de um prédio sem elevador, Luzia estava louca por um banho, mas preferiu antes ligar ao irmão.

– Alô, Luca, é a Luzia, tudo bem?

– Tudo. Estamos esperando por você. A Fabiana já perguntou por você umas três vezes.

– Olha, eu fui até de carro pra escola, programando de lá ir direto, mas estou um bagaço que não faz idéia, cara de monstro e quando é assim o cansaço, sou atacada por uma dor de cabeça dos infernos, desculpe, vim pra casa. Chama a Fabiana.

– Tá legal, melhoras, mas vamos nos ver, faz tempo que não vejo a minha única e preferida irmã.

– Um beijo, passo aí no fim de semana, até pra deixar o presente da Fabiana.

– Alô, Luzia, é a Fabiana, você não vem mesmo?

– Desculpe, Fabi, mil beijos e felicidades. Você sabe que é a minha cunhada preferida, mas estou podre e vim pra casa. Sábado passo aí pra conversar e levar um presentinho que comprei pra você.

– Tá legal, esperamos você, até sábado.

– Tchau! Até lá.

Ao desligar o telefone, Luzia suspirou fundo e pensou que fora mais fácil do que imaginara. Entrou em um banho e depois debaixo das cobertas. Demorou a dormir, e só lá pelas duas da manhã, conciliou o sono.

Sonhou com a voz da Carolina, com aquela cara de deboche. Revirava-se na cama. Ao toque do despertador, às sete, acordou toda suada. Fora uma noite ruim. Com esforço levantou da cama sentindo-se cansada. Muito cansada.

Tomou uma ducha mais fria do que o costume e, enquanto passava o secador diante do espelho, se perguntava: levo uma vida dura, trabalho à beça e não vejo meus ideais se realizarem. Será isso mesmo que pretendo continuar a fazer?

Antes de tomar o metrô para o centro da cidade, onde trabalhava como arquivista no Instituto Histórico e Geográfico de São Paulo, lugar que obtivera no segundo ano da faculdade por indicação de um velho professor que simpatizara com ela, Luzia ligou para o André:

– Alô, André, é a Luzia, estou lhe acordando? Desculpe, mas preciso falar com você hoje.

– Não tem importância, eu é que peço desculpas pela voz de sono. Diga.

– André, quero almoçar com você e trocar umas idéias, sobre tudo, sabe como é, né?

– Sei, também quero ouvir você sobre umas tantas coisas.

– Então, ao meio dia, assim temos tempo para conversar bastante. Você conhece o Granola, um restaurante vegetariano novo na José Bonifácio, quase esquina com a Álvares Penteado?

– Não, mas descubro, é fácil de achar. Tudo bem, meio dia.

Quase chegaram juntos! Houve uma alegria intensa ao se verem. Entraram abraçados no Granola. Conseguiram uma mesa nos fundos, onde não haveria o passa-passa dos clientes para se servirem no bufê.

Apenas sentados, André perguntou: – e aí, menina, o que andou acontecendo?

– Ah! André. Você sabe, mais do que ninguém, o quanto levo a sério ser professora. Já falamos disso tantas vezes! Quero ser uma pequena ajuda no processo de conscientização dessa gente humilhada há séculos, que precisa, primeiro de tudo, saber dos ultrajes sofridos, do sistema social que imperou e dos direitos usurpados para, assim, ter consciência de como enfrentar essas estruturas que a esmagam.

– Que discurso! Disso tudo eu sei, disse André, tanto como você. Mas e aí?

– Pois é, minha escolha foi ser professora por acreditar que ao gerar interesse pelo passado, poderia criar nos moços condições para se afirmarem hoje. Mas fatos que vêm sucedendo me desanimam. Eu sei que sou firme até certo ponto.

– Mas desembuche, conte logo, minha querida, afinal o que está sucedendo?

– Espera. Antes vou dizer algo mais sobre mim mesma. Desculpe, mas tenho que ir raciocinando em voz alta.

– Luzia, vamos nos servir e continuamos a falar já diante dos pratos, senão ficará tarde.

– Ok, vamos lá.

Ao voltarem à mesa, após as primeiras garfadas, Luzia recomeçou a conversa:

– Minha vida é um contraste: durante o dia no Instituto Histórico, cercada de velhos, muitos herdeiros dos senhores que mandaram nessa terra. São conservadores, mas gentis, delicados, sempre pedindo: por favor, me veja isso, me faça aquilo. De início, quando aceitei o emprego por absoluta necessidade, fui com um passo atrás, mas hoje, até que me afeiçoei a esses velhinhos que, bem ou mal, cultuam a nossa História. Aprendi muita coisa, em especial na pesquisa ao trabalhar como arquivista de documentos e ao auxiliar a bibliotecária na ordenação dos livros antigos e dos novos que recebemos em doação.

– Tá, tá bem, mas e daí, perguntou André um pouco impaciente.

– Calma, eu disse, minha vida é um contraste. Ganho até bem no Instituto, comparando com o salário de professora. A presidente trata-me com deferência, sempre preocupada com minha saúde desde que tive um pequeno desmaio, em uma dessas tardes abafadas de fevereiro.

– Sei, mas você sempre soube das condições totalmente diversas dos dois ambientes.

– Lógico, mas não da forma como tem ocorrido.

– Mas diga o que tem ocorrido, capeta!

– Pois, sinto-me uma traidora dos meus mais sagrados objetivos, que também são os seus, e dos quais nós dois quase chegávamos a nos orgulhar. Mas agora, vejo-me gostando do templo do conservadorismo ao qual presto serviços e onde me sinto acolhida, enquanto estou, em pouco tempo, saturada da missão de ensinar na periferia, para essa gente infeliz. Você sabe, eu sou forte até certo ponto. Como eu gostaria de comprar uma briga até o final.

– Mas traidora? Sem saber o que há, não posso nem absolvê-la nem condená-la, Luzia.

– André! Você sabe que, por temperamento, o que mais me incomoda é a injustiça, desde criança. Injustiça comigo e com os outros. Jamais me envolvi tanto como na pesquisa sobre o processo contra o casal de senhores acusados da morte da escrava em Bananal, nos meados do século dezenove. Era como se fosse hoje, foi um momento muito, mas muito importante. No meio de todas as dificuldades daquele momento, como você sabe, fiquei feliz pelo trabalho de investigação histórica e vivi uma revolta imensa, como se estivesse em meu poder exigir a justiça que há mais de século e meio não fora feita. A injustiça me dói!

– Sim, depois falamos sobre esse trabalho nosso que pretendo ainda levar à publicação. Mas e hoje, qual a injustiça?

– Poxa, André, você não percebe?

– Mas como posso perceber se você fala por meias palavras?

– É verdade. Eu resisto a contar, sinto-me ultrajada e não gosto de revelar o que me envergonha.

– Mas, se você é vítima, não há do que se envergonhar. A vergonha deve ser de quem cometeu a ofensa.

– Em parte. É que ao revelar o fato, indico o fracasso, o meu fracasso como educadora, a desilusão de um projeto de vida. Você sabe que eu já desisti de uma vida e projeto educacional com João Pedro, que para mim era uma aventura prematura. Toda minha esperança e energia estão ou estavam nessas aulas na periferia. Por isso, meu receio ou mesmo medo em falar.

– Mas contando, especialmente para mim, não só desafoga a alma, como permite que você mesma ouça e avalie melhor os fatos e possa ter a minha ajuda, que imagino possa ser útil.

– Eu sei.

– Então vá lá.

– Bem, preciso começar pelo princípio.

– Nessa altura, comece por qualquer canto.

– Não enche. Bem... Eu estou examinando a escravidão. Escolhi o tema da mulher escrava para mostrar, a partir dessa realidade, toda a realidade da organização social e dos valores que presidiam a vida brasileira.

– Acho ótima idéia.

– Pois é. Há apenas trinta estudantes na sala. Isso facilita preparar o material, já que os alunos não têm a menor condição de fazer pesquisa ou mesmo acesso a livros. Fiz cópias, então, de um capítulo de um livro da Emília Viotti, o relativo à condição de vida dos escravos, que dá uma visão geral em poucas páginas. Do livro do Lenine Nequete, sobre decisões da Justiça relativas à escravidão, selecionei uma sentença acerca de a quem pertenceria o dinheiro obtido por duas moças escravas com a prostituição. Nesse caso discutia-se se o fruto da venda sexual do corpo do escravo era do senhor, um chefe de família pouco abastada, funcionário público, ou das próprias escravas.

– Legal, gostei dos textos, bem ilustrativos.

– Para início de conversa, verifiquei na aula seguinte, que nem sequer um dos alunos havia lido, nem por alto, os textos. Até aí, tudo bem. Posso compreender que a maioria trabalha muito, chega cansada em casa, tarde da noite e haja dificuldade com o assunto.

– Mas, Luzia, o texto foi uma boa escolha.

– Pois é. Estava estudando esse texto. Primeiro vi o desinteresse da classe, até mesmo quando contei o caso das irmãs, escravas de uma família remediada do Rio, que foram pelos donos autorizadas a sair após as sete horas da noite para sabidamente se prostituírem, voltando lá pelas 10 e meia. O casal, marido funcionário público e assíduo freqüentador da igreja, entrou em juízo para exigir judicialmente que as suas escravas lhe repassassem a féria dessa atividade complementar.

– Mas eles não se interessaram por essa história?

– Espera. Não, não se interessaram. E quando ontem estava a relatar a solução do processo, tomada de santa indignação, percebi que a classe, desatenta, olhava de esgoela para uma mocinha, branca, mas de cabelo encaracolado. Essa mocinha estava balançando feito uma louca, visivelmente acompanhando, com o corpo e com a alma, algum ritmo acelerado.

– Mas qual foi mesmo a motivação da decisão? A solução do processo eu me lembro que foi favorável aos donos das escravas.

– Pois bem, eu estava exatamente contando que o juiz decidiu serem os escravos objetos e tal como os frutos da árvore são do dono da árvore, são dos donos das escravas os frutos da venda do seu corpo.

– Agora me lembro, que decisão revoltante mesmo!

– Exato. Foi essa a revolta que estava a manifestar de forma enfática.

Eu dizia não ter havido pior escravidão do que a que usou o corpo e a alma do negro. Nesse caso, as mocinhas escravas foram usadas física e moralmente por papa-hóstias que, pungidamente, iam à missa se confessar, mas eram proxenetas, mandantes do desvio comportamental das escravas vistas como objetos desfrutáveis. O Brasil vive, há séculos, uma imensa hipocrisia. Mas os tremeliques e trejeitos alucinados da aluna me perturbavam. Todos, não sei por que, discretamente, tinham a atenção nela.

– E aí, o que você fez?

– Nessa hora, já desacorçoada pela indiferença do conjunto da classe, composta em sua maioria por afro-descendentes, não resisti ao espetáculo daquela menina a dançar sentada, com os olhos fechados a acompanhar freneticamente um ritmo secreto. Disse então: você, de blusa azul céu, qual a sua opinião sobre essa decisão?

A menina nem se apercebeu que estava a me dirigir a ela. A classe, vendo a cena, virou-se toda para o fundo, com risos nos rostos. Com a soada, a menina tomou consciência, abriu os olhos. Eu repeti: qual a sua opinião sobre essa decisão?

A garota, de início meio perdida, recobrou o domínio, levantou-se e indagou: é comigo? É, sim senhora. Qual a sua opinião sobre a decisão do juiz no caso da prostituição das escravas?

Dona, disse a garota, "você veio me interromper na hora H. Que puta azar! Ao som de música funk, estava assim, a me fazer, quase chegando ao orgasmo e vem lá essa pergunta".

– André, continuou Luzia, você acredita que a mocinha enquanto eu falava masturbava-se na frente de todos, o braço direito solto no corpo, entrando no vão das pernas e com cara de gozo disse: "viva o presente, que o passado já era e tanto faz". Continuava a se masturbar. Um gaiato lá do fundo gritou: segura, nega, deixa uma boquinha pra mim. A garota pelo que deu a perceber alcançou o orgasmo, respirando fundo, de boca aberta, olhos esbugalhados.

– E você? O que fez?

– Fiquei sem palavras. Parte da classe ria e a outra penso que demonstrava alguma pena de mim apenas no olhar, mas com leve sorriso nos lábios.

– Que situação! Qual foi sua reação?

– Pensei em dizer algo. Enquanto pensava o que dizer, sem condições de pronunciar uma palavra, a garota, que vestia uma mini-saia, sentou e visivelmente continuou a se masturbar.

– Mas que cena terrível! Pouco restava a fazer mesmo.

– E nada fiz. Nada falei. Apressei o passo até a mesa, recolhi minhas coisas, o material de estudo, minha bolsa e saí da sala. Ainda imaginava que alguma aluna viesse ao meu encalce, mas pudera, corri ao banheiro e sequer retornei à sala dos professores. No banheiro caí em choro, controlei-me. Como aquela noite estava de carro, fui ao estacionamento, andando com peso nas costas, carregada de tristeza, a ponto de o guarda indagar: Tudo bem, professora? Precisa de alguma coisa? Fui para casa entrei em um banho e até agora estou em estado de choque.

– Não é pra menos.

Luzia pouco comera. André já terminara o seu prato. Resolveu servir-se da sobremesa, assim Luzia almoçaria e pararia um pouco de falar com a extrema excitabilidade com que contara os fatos. Do bufê de sobremesa, André viu Luzia a dar garfadas rápidas, deglutir apressadamente, de forma nervosa.

– Luzia, disse André, ao voltar, você precisa, primeiro de tudo, acalmar-se para poder enfrentar a situação com cabeça mais fria.

– Ah! André, você me conhece e sabe que controle frio das emoções não é comigo, nisso sou uma calabresa perfeita, puxei meu pai, direto.

– Tá, mas esforce-se. Vamos ver quais são os caminhos possíveis. Você pode ignorar e não se dar por achada; pode representar contra a aluna, por escrito ou falar com o diretor, para pedir que seja punida; pode na próxima aula falar duramente aos alunos; pode pedir licença ou até mesmo se afastar definitivamente da escola, se sentir falta de condições psicológicas para enfrentar a classe depois do ocorrido.

– Você tem razão, devo me controlar, mas o choque foi tão grande que ainda me sinto triturada por dentro.

– Mas pense nessas hipóteses para decidir o que fazer. É a melhor forma de sair do estado de choque.

– Bem, acho que devo conversar com o diretor, mas ele é um sujeito fraco, o tipo do vaselina e de nada adianta representar por escrito. O melhor mesmo é sentir a temperatura com o diretor e aí tomar uma decisão sobre o futuro. E se não receber apoio da direção?

– Tenha a reunião e depois pense. Faça isso, o quanto antes, fale com o diretor.

– Vou marcar uma audiência agora mesmo. Me empresta o celular.

O diretor não estava, mas sua secretária, que simpatizava com Luzia, foi atenciosa e sugeriu que estivesse lá, se o assunto era urgente e sério, no final da tarde, às 18 horas, pois às 19 sabia haver um compromisso fora.

Terminado o telefonema, Luzia já estava menos tensa, havia começado a agir.

– Seja firme no relato, não tenha vergonha de contar os detalhes, mas não chore, apenas demonstre indignação, disse André.

– Tem razão. Sabe, vou pedir para sair bem antes do fim do expediente, passar em casa, tomar um bom banho para esfriar a cabeça, por uma roupa melhor e pedir aos meus guias inspiração, apesar de desconfiar que com aquele "bola murcha" pouca coisa vai sair.

– Mas tente e depois, conforme o andar da carruagem, você toma decisões.

– Obrigado, André, você como sempre é um amor. Se não fosse você, estaria paralisada, inerte, sem saber o que fazer. Agora, pelo menos, passo a atuar.

– Não fiz nada, apenas emprestei o celular.

– Não foi apenas isso!

– Me dê notícias, tão logo saia da reunião com o diretor.

– Pode deixar, ligo imediatamente, vamos que já é tarde e quero sair cedo do Instituto.

– Tchau, bonne chance!

Luzia caminhou pensativa, já elocubrando o que diria ao Diretor e qual resposta daria se ele pusesse panos quentes, como imaginava ser bem provável.

Luzia chegou aos quinze para as seis. A secretária informou que o diretor a atenderia, apenas terminada uma reunião com o tesoureiro.

Luzia sabia chamar-se Carolina a mocinha da afronta. Verificou o nome completo na relação de alunas, seu nome completo era Carolina Santos Peschiera, entrara apenas no segundo semestre. O tempo passava, eram seis e meia e ainda esperava e Luzia repetia mentalmente o que e como diria ao diretor.

Apenas as vinte para as sete foi introduzida na sala do diretor, que foi logo pedindo desculpas, isso e aquilo, e pediu que fosse breve, pois tinha um compromisso às sete horas com o sub-prefeito de Itaquera.

Luzia, já estomagada com a demora, foi direta e dura:

– Senhor diretor, tenho um assunto sério e grave, senão não o incomodaria e não perderia meu tempo também, vindo hoje uma terça-feira à escola, dia em que não dou aula. Mas serei breve.

Luzia relatou sem meias palavras o acontecido, a voz apenas tremeu um pouco ao contar o ato de masturbação de Carolina. O diretor apenas a interrompeu para que repetisse o nome da aluna, Carolina Santos Peschiera. Seu único comentário, durante o relato, foi o de que a aluna era sobrinha do presidente da Associação dos Moradores de Vila Alpina, Antonio Peschiera.

Terminado o relato, o diretor permanecia impassível, a pensar como sair da encalacrada. Luzia findou: "os fatos são esses. Graves e chocantes. Agora cabe à direção, ao ter ciência, tomar as providências, espero".

– Professora Luzia Giannoti, sem dúvida os fatos são lamentáveis, mas se desejar pode enviar um relato por escrito, pois só assim podemos instaurar uma sindicância. Em sua petição, indique testemunhas.

– Mas o senhor deveria suspender preventivamente a aluna por três dias, por um que seja.

– Lamento, mas não é assim. Não antecipo punições. Até poderia, mas, em qualquer hipótese e especialmente nessa, não o faria.

– Por quê? O que há nesse caso?

– É que uma sanção dessas seria levada ao conhecimento do tio, como disse, presidente da Associação de Bairro. Estamos nas vésperas de se iniciar o processo de avaliação externa. Poderia prejudicar a apreciação da escola. Compreendo sua revolta, mas compreenda por seu lado que olho pela instituição como um todo. O que importa é o futuro.

As narinas de Luzia alargavam-se, respirava enfurecida em pequenas aspirações. Não se conteve.

– Futuro? Só se for o seu, que todos sabem deseja candidatar-se a vereador e virou puxa-saco dos líderes da comunidade. Em fato de extrema gravidade a palavra da professora, vítima, aviltada, nada vale? Quebra-se a autoridade e instala-se a anarquia, só olhando interesses subalternos.

– Calma, professora. Não é assim. O futuro da escola não é subalterno. Peça uma licença por dez dias e eu a concedo.

– Licença? Jogar a sujeira debaixo do tapete? Ser amigo e solícito com os alunos é fundamental, mas não se confunde com permissividade, que apenas revela pusilanimidade. Desculpe, mas o senhor é um fraco. Que futuro da escola coisa nenhuma! O futuro se garante ao se impor disciplina hoje.

E em ato arrebatado, Luzia anunciou, para sua surpresa, que no dia seguinte, antes de sua última aula, entregaria o pedido de exoneração ou o distrato do contrato temporário, o que fosse necessário.

– Não leve a ferro e fogo, é próprio do ensino sofrer um dia uma afronta. Não lhe aconselho a representar por escrito contra a aluna, pois serão ouvidas testemunhas e talvez não se confirme a sua versão, disse o diretor.

– Versão? Chega senhor diretor, está na hora do seu compromisso externo, que já ouvi a secretária abrir a porta. Siga seu caminho de sucesso nas urnas, você tem tudo para ser bem votado, tudo. Até logo, amanhã deixo minha carta de exoneração.

– Se assim quiser, dispenso o cumprimento do prazo de trinta dias para desfazimento do contrato.

Luzia sequer estendeu a mão ao futuro vereador. Bateu a porta e saiu enfurecida diante do olhar espantado da dedicada secretária.

Capítulo II

Luzia estava deitada no sofá, olhar perdido no teto da sala, ouvindo o último CD da Adriana Calcanhoto. Os dados haviam sido lançados, *alia jacta est.* Agora seu pensamento voltava-se para o passado: o que sofrera, o que fizera, qual trajetória tivera, curta, mas bem vivida. Eram essas as elucubrações diante do rápido fim de sua experiência como professora, à qual tanto ansiara.

Tocou o telefone. Era o André.

– Oi, Luzia, estava preocupado. Você ficou de ligar tão logo terminasse a reunião. Como foi?

– Desculpe, André, me esqueci. Foi uma merda! Pedi exoneração, amanhã conto direito, agora não. Estou quase dormindo.

– Tá legal. Se quiser vou até aí. Se precisar liga.

– Obrigado. Só quero descansar e amanhã eu ligo, obrigada, desculpe hein! Tchau!

Luzia voltou a olhar o teto, estendida no sofá. Rememorava alguns momentos de sua existência. Não fora fácil lutar contra a estrutura familiar. Pai calabrês, mãe submissa ao marido e depois aos próprios filhos homens. Ela, a caçula, então, devia total submissão ao mundo masculino, na visão deles algo natural e indiscutível.

Luzia precisava de isolamento. Pôs o telefone fora do gancho, abriu uma garrafa pequena de cerveja e deixou outras duas em balde de gelo na mesa junto ao sofá, no qual dispôs duas almofadas no braço. Deitou-se comodamente preparada para entrar em estado de livre pensar.

Relembrou-se, de imediato, de João Pedro, o grande amor de sua vida. Conheceram-se no cursinho, ambos de famílias remediadas, ambos trabalhando durante o dia, estudando à noite. Investiam no pagamento de curso preparatório para entrarem na Universidade de São Paulo, onde qualidade e gratuidade formavam uma soma ideal de virtudes.

Foi uma fascinação mútua, tão logo entrou no final de tarde de uma segunda-feira de julho na sala de aula. Dirigiu-se para a cadeira ao lado da de João Pedro, como se aquele lugar, junto a ele, fosse o seu lugar desde sempre. Ficaram ambos tensos, a aula de química passou sem que guardassem atenção a qualquer das fórmulas postas pela jovem professora no painel que descia do teto.

Tomaram o mesmo metrô na Avenida Paulista para depois fazerem conexão com o metrô para zona leste. Ela morava no Tatuapé, com os pais, ele na Vila Carrão. De pé, no vagão, João Pedro encostou-se nela e sussurrou: "você povoa meus pensamentos há muito tempo. De onde você surgiu? De onde?"

E ela, perdendo a timidez natural, respondeu: "venho de tempos imemoriais, venho para o acolher".

Luzia sorria ao relembrar toda a imediata intimidade que brotou ao lado de João Pedro. Conhecia, por instinto, cada poro do seu corpo. Cada partícula mínima do seu esperma dava-lhe a sensação de estar a compartilhar o segredo de uma eternidade aconchegante, sua, própria, exclusiva. O cheiro de João Pedro impregnava sua mente, sua alma.

Estudaram juntos, muito. Divertiram-se, planejaram o futuro, duvidaram da felicidade que os envolvia, medrosos diante do fantástico que lhes ocorria. Luzia entrou bem colocada na Faculdade de História, João

Pedro na de Economia. Ela preocupada com as injustiças do passado, ele pensando na construção do futuro, sob o ângulo da promoção do desenvolvimento, inconformado com a injustiça social. Mas as duas visões se complementavam.

Foram anos felizes, até mesmo quando decidiu, já empregada no Instituto Histórico, sair de casa após o seu irmão mais velho haver empurrado e xingado sua mãe que o repreendera por chegar bêbado em casa. O pai dera razão ao filho, reivindicando que só a ele cumpria repreender Maurício, já com vinte e quatro, quase vinte e cinco anos.

Jogara a toalha. Não permaneceria em casa para dar apoio a sua mãe, que se encolhia a seu canto, limitando-se a lançar-lhe uma súplica durante o café da manhã com os olhos lacrimosos. Decidira, naquele instante, não entrar na luta em favor da mãe, pensando em efetivar ideia que volta ou outra lhe perseguia: ia morar sozinha. Queria colocar a mãe no colo, mas preferiu antes enfrentar uma outra luta na montagem de sua casa do que entrar em luta justa contra o pai e o irmão mais velho.

Fabiana, então namorada de Luca, passou a visitar a mãe de Luzia quase diariamente, e com seu auxílio, ela e a mãe conseguiram convencer o senhor Giannotti a submeter Maurício a tratamento psicológico, especialmente para superar o vício do álcool. Luzia, já em seu apartamento, nada participou, apenas soube superficialmente dos esforços bem sucedidos para ajudar clinicamente a Maurício.

Depois de instalada no seu pequeno apartamento também no Tatuapé, seu bairro desde criança, Luzia enfrentou a maior dor de sua vida, quando também jogara a toalha. Não lutara até o fim.

Ela e João Pedro eram carne e unha. Sempre de mãos dadas ou abraçados. Dava gosto ou inveja de vê-los juntos.

Tinham apenas uma diferença. João Pedro adorava passar o fim de semana em uma praia ou junto a uma cachoeira na Mantiqueira, fazendo camping. Luzia detestava. Sua vontade acabou por prevalecer. João Pedro diversas vezes desistiu de programas de excursão que amigos lhe propunham.

Fora isso, eram ligadíssimos e, logicamente, ciumentíssimos. Qualquer olhar de João Pedro a uma mulher na rua era o bastante para Luzia ficar emburrada. João Pedro sentia-se inseguro com André, o amigo de adolescência e também com Evandro, professor de Teoria da História com rosto marcado sob uma barba espessa, com olhos de Che Guevara. Mas cisma mesmo tinha Luzia com uma colega de faculdade de João Pedro, a Maria Cristina, menina rica, filha de pai industrial, morando nos Jardins, toda cocota. Ela percebera, nas vezes que saíram juntos, ter Maria Cristina muitos olhos pra cima do seu namorado. Sem vergonha, ela pensava, essa fará qualquer coisa para tirar uma lasquinha.

Certa feita, ao saírem do famoso bar do Léo, cujo ambiente pequeno aproximava bastante as pessoas, eram um grupo de nove, Maria Cristina ficara bem em frente a João Pedro, cheia de caras e bocas, com risinhos fora de hora. Luzia indo para casa alertou: "cuidado, essa safadinha dá em cima de você. Se você tocar nela me esqueça. Me esqueça."

João Pedro brincou: "e se ela tocar em mim?"

"Pior, mostra que você é um safado também, que quer tirar proveito sem ter responsabilidade. Pior. Que ideia! Não me irrite".

Luzia chegou em casa de cara emburrada.

Estavam no final do segundo ano, quando João Pedro propôs uma radical mudança de vida.

Luzia lembrava-se que João Pedro chegara à sua casa para comerem omelete e bebericarem uma cerveja e enquanto batia os ovos foi dizendo:

– Meu amor, você bem sabe como sou feliz ao seu lado.

– Ih! Começa assim, lá vem coisa, o que é João Pedro?

– Olha, se sou feliz no amor, no entanto, carrego uma frustração no trabalho. Nesse escritório de contabilidade sinto-me um inútil. Tenho ansiedade por fazer algo logo em favor dos mais carentes. O ambiente na faculdade e no escritório gira em torno da busca desenfreada de sucesso e evidente sucesso é apenas dinheiro.

– Eu também sinto isso, mas curiosamente no Instituto Histórico, com a geração mais velha, os temas políticos e sociais têm guarida. E nós temos a nós mesmos e a alguns amigos.

– Mas, Luzia, há tão pouco diálogo sobre questões políticas e sociais. Prevalece um enorme egoísmo, uma ganância dita o modo de ser da maioria dos meus colegas e amigos. Só você, o André, seu amigo, a Maria Cristina e o Mário conhecido recente, por amizade com Maria Cristina, são possíveis de se conversar. Você viu outro dia no grupo maior no Bar do Léo.

– Aliás, da Maria Cristina não acredito uma palavra do que diz. Os outros, concordo, são parceiros. Mas, é preciso ter paciência.

– É isso que não tenho mais. Está chegando o fim do ano. Outro dia, a Maria Cristina, que apesar de rica é boa cabeça, ao contrário do que você acha, lembrou que uma conhecida tem uma ONG que patrocina uma escola em um vilarejo de cerca de 1.500 pessoas no litoral da Bahia. A escola vai entrar no próximo ano na quinta série e precisa de professores de matemática, de história, biologia, geografia.

– E aí? Não vai dizer que pensa ir para lá?

– Isso mesmo. Somos jovens o bastante para trancar matrícula por um ano e passar esse tempo em uma comunidade simples, à beira-mar, levando conhecimento e civilização a essa comunidade de excluídos.

– Agora, que acabo de montar meu apartamento.

– Dá-se um jeito.

– Acho uma loucura interromper o curso. E depois ir para ficar vivendo ao lado daquela metida da Maria Cristina e em condições sabem-se lá quais!

– A conversa assim descamba. Eu quero ir e quero ir com você, compreende. A Maria Cristina foi logo falando de você e das aulas de história que ficariam a seu encargo.

– Tenho dúvidas da sinceridade dela. Duvido também ser essa a melhor escolha. Vamos nos atrasar na vida. Depois de formados poderemos fazer muito mais pelos excluídos. Você sabe que meu plano é dar aula em escolas da periferia. Nós temos os mesmos projetos, as mesmas preocupações, mas não sei se topo essa proposta.

– Sem você não vale a pena. Vamos. Seremos felizes, úteis e tomaremos todo dia banho de mar.

– É tentador. Mas foi tão difícil entrar na faculdade. Largar mesmo por apenas um ano é desperdício. Fica aqui comigo e a felicidade não faltará. Procuramos outro emprego, talvez como trainee em alguma empresa. Prometo que mais tarde topo um programa destes, mas depois de formada.

– Pra você que gosta do seu trabalho é mais fácil dizer. Mas pense, Luzia. É agora ou nunca, depois de formado é que a gente não vai mesmo. Eles dão hospedagem e um salário mínimo por mês. Não se gasta nada. Vale a pena por um ano. Vamos!

– É bom sonhar. Eu sei que você acaba ficando, então, é melhor já ir pensando com quem falar pra você conseguir ser trainee.

– Não fique tão segura. Pense você também no bom que será se desfazer dessa vida maluca nessa cidade difícil que é São Paulo. Pense no bom que será sentir-se útil a um povo simples.

Mas Luzia era citadina, tinha vinculações fortes com o local onde nascera e vivera. As vias cheias de carros e de gente transitavam em suas veias. Temia o novo e alimentava a certeza de que a sua alma gêmea, no frigir dos ovos, não a deixaria. Era só não abrir qualquer brecha e ser firme na decisão de permanecer em São Paulo.

Por fim, Luzia percebeu, no último instante, que perdera a parada. Jogou a toalha. Era tarde para mudar de idéia. Não foi para o pequeno vilarejo litorâneo da Bahia. João Pedro foi na segunda semana de janeiro. Voltou só no Natal. Estava diferente e indiferente.

No correr do ano, o único fato positivo foi a pesquisa sobre a morte da escrava assassinada pelo senhor e sua esposa em Bananal. Luzia, dolorida no amor, entrou de cabeça no trabalho, mais especificamente na busca de dados no Arquivo do Estado em São Paulo e no Arquivo Nacional no Rio de Janeiro. Chegou, então, a levantar, com base em algumas cartas, que a escrava fora assassinada por vingança, pois informara o desembarque de navio negreiro em Bracuí, perto de Angra dos Reis.

Perdera João Pedro, por presunção e por despeito com a tal Maria Cristina. Jogara a toalha e não lutara por manter o seu amado. Não topara a aventura baiana, não enfrentara o desafio. Agora estava, de novo, frente a um desafio.

Jogaria a toalha como dissera ao diretor, devendo apresentar no dia seguinte sua carta de demissão? Valeria a pena lutar contra os fatos por mais repugnantes que fossem? Não haveria gente que merecesse seu esforço em permanecer? Não deveria representar contra a aluna e enfrentar a sindicância de que falara o diretor?

Os alunos, que percebera a olharem com consideração ou pena, a fizeram mudar de idéia. Iria lutar. Não jogaria a toalha. Levaria uma representação e enfrentaria a sala de aula, dando uma bronca daquelas, doesse a quem doesse. Terminara a segunda cervejinha. Estava calma e pronta para dormir.

Capítulo III

Luzia acordou bem disposta. Tinha outra cara. Na ida à cidade para trabalhar no Instituto Histórico só pensava nos termos da representação. Por sorte, não havia chegado qualquer membro da diretoria quando entrou em sua sala. Pode, durante quarenta minutos, digitar a representação.

Relatava, sem meias palavras, o ocorrido. Chegou à conclusão de que era impossível um meio-termo. Sentiu vergonha, mas ficou firme em sua decisão de protocolar a representação.

Escreveu também uma breve carta ao diretor, comunicando-lhe que, ao contrário do que dissera no dia anterior, permaneceria na escola, principalmente em função dos demais alunos, aos quais não poderia imputar responsabilidade pelo acontecido. Eles mereciam seu respeito e sua dedicação. Tinha certeza de que semearia em terra fértil.

Luzia passou o dia entretida em assistir a um acadêmico em sua pesquisa sobre a vinda ao Rio de Janeiro do representante da Inglaterra no Brasil em 1.812, Lord Stanford. Mas o tempo todo só pensava no que diria aos alunos, como começaria a aula, timbrando em separar o joio do trigo. Não deixaria de dizer que apresentara a representação, exatamente para distinguir os maus dos bons. Se não representasse, estaria tratando todos da mesma maneira, pondo todos no mesmo saco. E seria injusto. Era esse o discurso que perpassava a cabeça de Luzia o dia todo.

Ao chegar, um chuvisco começava a cair. Correu e entrou pela porta do bar, passando depois pelo corredor da sala dos estudantes, onde o barulho das vozes misturava-se com o de uma insistente bolinha de ping-pong. Chamou-lhe a atenção um letreiro grande no mural que ocupava boa parte da parede do corredor.

Dizia o letreiro:

"CAROL VENCE APOSTA"

Quem jogou na garota malandra receberá o dobro do que apostou.

Todos os colegas da sala apostaram e muitos mais de outras salas. Muitos perderam, não puseram fé de que conseguiria o orgasmo na aula da careta professora de História.

Viva a Carolina, o sexo vivo de nossa escola. Procure o Clayton que bancou as apostas.

Foi um choque: era uma aposta, todos jogaram.

Uma geração big brother.

Jogou a toalha. Rasgou os papéis, a representação e a carta ao diretor. Jogou-os no lixo do bar e correu em direção ao metrô.

O CARRO VERMELHO

Ela não podia acreditar. Fora inesperado. Saíra como todas as manhãs, ainda com cara de sono, quase que se arrastando pela calçada, apenas com um vestido de chita sobre o corpo, para comprar pão e leite na padaria a dois quarteirões de casa.

Eram 6h30 e já tinha gente formando fila para o pão francês. Não demorou muito, uns cinco minutos, para ser atendida: favor, seis pãezinhos, três bem torrados e três normais.

Ao terminar o pedido, Alice sentiu estar sendo olhada. Virou-se e realmente um camarada encostado no balcão do cafezinho, com um sorriso plantado no rosto, a fixava de cima a baixo. Disfarçou ter percebido. Com altivez, dirigiu-se para perto do sujeito, onde deveria pedir o litro de leite. Ele não tirava os olhos. Toda gente já devia estar vendo e ela desarrumada, desgrenhada e o sujeito encarando.

Saiu mais rápido do que o normal. Aquele olhar constante já a acordara de vez. Foi pela rua em passos largos, levando na cabeça um misto de interesse e de indagação. O sujeito a impressionara. O que é que havia acontecido?

Em poucos minutos estava em casa. Pôs o leite a esquentar, arrumou a mesa do café da manhã e ouviu a voz de sua patroa já lidando com Frederica, menina-moça de 13 anos, que entrava na escola às 8 horas em ponto. A mãe a levaria de carro, mas, com o trânsito de São Paulo, os três quilômetros de distância demandavam meia hora para serem percorridos.

A correria matinal era sempre a mesma antes da apressada saída de Dona Regina para levar Frederica: além do café da manhã e de ajudar a menina a recolher o material escolar para as aulas do dia, havia a busca dos óculos e do celular da patroa. Os óculos escuros de grau, depositados por Regina em algum canto ao entrar em casa, estavam costumeiramente desaparecidos. Já o celular encontrava-se mais facilmente. Era ligar para o número e esperar o tilintar debaixo das almofadas, dentro de uma bolsa ou no banheiro social. Era toda manhã essa tragédia.

Essa azafama tirou da cabeça o camarada da padaria. Só foi se lembrar dele na manhã seguinte. Tivera um dia de muita atividade, pois, como era segunda-feira, fez a faxina mais grossa e pôs a roupa de cama para lavar e secar.

Eram três mulheres em um universo no qual os homens não eram bem vistos. Dona Regina, separada, fora ainda mais infeliz nos namoros depois do casamento.

Frederica, na flor da idade, tinha uma raiva do pai acima de todas as expectativas. A conta nos bares era paga pelos meninos que a cortejavam. Não tinha um tostão para lazer. A vida nessa pequena família era restrita, por culpa do sem vergonha do pai, um pão duro. Já fora até preso por não pagar alimentos, mas não se importava. A menina reclamava, mais que tudo, da indiferença paterna, pois chegara mesmo a esquecer do seu aniversário. Naquela casa só havia amargura e a caça aos óculos.

Alice cansava-se, mas ia ficando no emprego por costume. Se houvesse uma outra oportunidade segura de novo trabalho, com certeza pediria as contas.

Ela, por seu lado, tivera uma paixão grande aos 19 anos não correspondida. Havia dois anos riscara do seu programa de vida ter um relacionamento amoroso. Mas perseguia as novelas com emoção, torcendo para o amor vencer a maldade.

Na manhã de terça, ao se olhar no espelho, lembrou-se do camarada. Ele poderia estar de novo na padaria. Deu um jeito melhor no rosto, chegou a passar uma maquiagem e escolheu uma roupinha mais apresentável, mas nada de mais, pois não seria natural sair àquela hora, para a padaria, em uma vestimenta de passeio.

Saiu com atraso, é evidente. Só chegou à padaria aos 15 minutos para as 7 horas. Lá estava o sujeito. Alice quase tropeçou ao entrar, fiscalizada por aquele olhar constante. Recompôs-se. Foi direto para a fila do pão e depois encarou o rapaz, que não deixara de fixá-la um só instante. Cumprimentou-o com um correto "bom dia", que lhe foi retribuído com um sonoro "bom dia moça", emoldurado em uma voz forte e harmoniosa. Os olhos e a voz eram lindos.

Ficou firme, pagou e saiu. Percebeu estar sendo seguida por aquele olhar. Na esquina virou-se. O camarada, sem deixar de seguí-la com os olhos, abria a porta de um carro vermelho importado parado em frente à padaria.

O pensamento voou. Imaginou-se uma Cinderela, a cortar paisagens maravilhosas a bordo do carro vermelho, entrando em hotéis chiques, abraçada por seu príncipe encantado que a vestiria nas melhores lojas. Se acontecia na novela, podia bem acontecer com ela, por que não?

Entrou em casa planando. Quase esqueceu de colocar o pão sobre a mesa. A patroa perguntou de imediato: "Alice, você está bem?" Com custo aterrissou: "estou, estou, apenas uma pequena tontura que já passou."

Na manhã seguinte, novamente excitada foi logo à padaria. Não viu o dono do carro vermelho. Ficou desapontada, jurava que lá ele estaria.

Pediu pão, leite e um chocolate para adoçar a vida. Iria sorvendo o chocolate até chegar em casa.

Ao se dirigir ao caixa, o seu Zé Maria a chamou para o balcão bem ao lado: – "Escute aqui, Alice, tenho um amigo que a viu aqui nos dois dias anteriores. Hoje mesmo me telefonou, bem cedo, e pediu-me para perguntar se está disposta a mudar de trabalho. Ele acaba de se separar, vem morar aqui perto e gostaria de ter você como empregada. Pagaria dois salários. O serviço será pouco, pois é sozinho e viaja muito".

Foi tomada de surpresa. Desfizera-se o sonho de Cinderela de um momento para o outro. Alice reagiu com raiva: – "Escuta, seu Zé Maria. E por acaso eu sou de me vender por um salário? Tão pensando o quê? Não saio da casa da minha patroa, onde estou muito bem, nem morta. Tenha um bom dia". Saiu pisando duro e nem pagou a despesa.

Triturou na boca o chocolate ao leite.

MANTENHA A DISTÂNCIA

A vista era impressionante. O apartamento de Consuelo na Vila Madalena era privilegiado. No alto da Rua Harmonia, no 13° andar, a janela da sala com três metros de largura estava voltada para o bairro de Alto de Pinheiros e para o rio Pinheiros. O olhar se perdia no horizonte pontilhado de luzes. Notavam-se as vias nas quais se percebiam mais nitidamente os faróis traseiros dos carros. Eram sete e meia da noite, acabara de chegar e percebeu que Consuelo estava no banho. Era a primeira vez que se valera da chave do apartamento. Consuelo dera-lhe a chave no dia anterior, quando comunicou que decidira se separar da mulher com a qual tinha dois filhos, um menino e uma menina.

Evandro olhava longe, mas o pensamento estava voltado para si mesmo. Como se revolucionara sua vida desde 31 de agosto, o dia da nutricionista. Agora, vivia momentos tensos de mudança drástica de caminhos nunca antes imaginados. Os fatos se precipitaram de tal modo que precisava correr para não ser por eles atropelado. Recordava-se da sessão de entrega do prêmio de nutricionista do ano ao qual comparecera representando o Conselho Regional de Medicina, que passara a integrar havia um ano e pouco.

Consuelo estava maravilhosa em um vestido branco, como os ombros sobressaindo e os cabelos, cor castanha escura, lisos em contraste com a pele morena clara, os olhos dois holofotes cor de mel. Merecera o prêmio que lhe pediram para entregar como representante do Conselho de Medicina e como membro da comissão de avaliação dos trabalhos inscritos. A pesquisa de Consuelo tivera o seu voto como relator do concurso. Fora efetivamente um estudo maravilhoso sobre a alimentação de crianças subnutridas de uma favela na zona de Interlagos, no fundão da zona sul da capital. O tema geral do concurso fora Nutrição e Saúde Pública, área da qual era especialista com mestrado e doutoramento em Medicina Social.

Estava assim absorto quando percebeu Consuelo, em um chambre branco de flanela, a abraçá-lo, exalando uma flagrância de alfazema, sempre com os olhos cor de mel adocicados. As preocupações quase se desfizeram por encanto. Tomou Consuelo nos braços, beijou-a com sofreguidão, como a jorrar a paixão para fora e ao mesmo tempo a pedir ajuda. Estava mesmo vivendo uma paixão cheia de charme, misto de aventura e de aconchego.

– Querido. Como foi seu dia na clínica?

– O de sempre. Mulheres insatisfeitas, homens ansiosos. Muita angústia por coisa nenhuma.

– E a sua angústia? Se vê de pronto o seu estado.

– É a angústia normal de quem se separa e corre atrás de um novo apartamento enquanto se acomoda na casa de um amigo solteiro.

– Será só questão de moradia? Já disse que pode se instalar aqui.

– A moradia é um problema, mas você tem razão, não é o único.

– Ainda tem dúvidas sobre seu casamento? Sobre o que fazer perante os filhos? Ora, Evandro, isto só você pode decidir, apenas digo que o tempo é o melhor conselheiro.

– Pois é, você tem sido discreta, não tem opinado, mas sei que gostaria de que nossa relação não fosse perturbada por estes problemas. Preocupo-me com você. Até onde agüentará esta minha angústia?

– Eu estou tranqüila. Não me impute a responsabilidade por sua angústia. Eu amo você, quero você, hoje, amanhã ou daqui a três meses. Por isso, não. Fique calmo, decida tudo sem atropelo.

– O que tinha a decidir, já decidi. Saí de casa, pedi o divórcio.

– Então a questão é meramente material? Onde morar? Ou tem a ver com as crianças?

– Sabe, vou ser sincero. Não é apenas onde morar. É tudo. Não imaginava que ao se separar tem-se a impressão de haver sido o chão retirado de debaixo dos pés. É uma espécie de supressão do passado, de um modo de vida e de seus pontos de referência. É duro. Eu imaginava que seria, mas não sabia quanto.

– Ainda está em tempo de desistir. Eu compreenderei. Ficarei triste, não nego, mas compreendo.

– Não se trata de voltar atrás. Você não compreendeu, mas de se ir aos poucos tomando consciência do que envolve o casamento na vida de todo o dia. Me dá um tempo para me acomodar à nova situação. Ok?

– Ok, querido. Vamos à velocidade que você quiser. Agora vem tomar um banho. Eu comprei um chambre lindo para depois do banho. Venha, que eu trago um copo de vinho branco. É um Los Vascos, chileno, bem seco.

– Tá bem. Para uma nutricionista que vitupera contra o álcool está ótimo.

– Um copo ou dois, especialmente junto comigo, só faz bem pro coração.

Consuelo e Evandro não ficaram em apenas dois copos cada. Comeram, já tarde, salmão defumado em torradinhas com cream cheese. Frutas frescas. Evandro não foi dormir na casa de Francisco, seu amigo desde o tempo de faculdade, para onde se mudara. Eram seis e meia quando acordou ao lado de Consuelo. Às sete e meia deveria estar na Escola Paulista de Medicina, na Borges Lagoa, para uma reunião do Departamento de Medicina Preventiva. Teria ainda de trocar de roupa. Que correria!

A reunião do Departamento foi como sempre um louvor à burocracia. Mas, como professor contratado em meio período, não poderia faltar. A ausência seria vista como descaso e apenas fizera o doutoramento. Tudo acontecera muito rapidamente: doutoramento, eleição para o Conselho Regional de Medicina, nascimento do segundo filho, melhoria da clientela em seu consultório como clínico geral. E agora, Consuelo. Tudo corria nos trilhos, de repente, descarrilou. Como podia ser? Era o que se indagava sem parar.

Sua vida particular não poderia comprometer o restante dos seus compromissos, mas manter a cara sempre despreocupada para uso externo não era fácil. Todos acabavam por perguntar se estava se sentindo bem.

Estava e não estava bem. A noite passada fora maravilhosa, o cheiro daquela casa e da sua dona, exalando alfazema, os estertores de um amor completo como jamais tivera com Ângela, sua agora ex-mulher. E a descansante languidez depois do amor. Esta era a parte boa, da qual decidira não mais se afastar. Mas tinha a parte ruim: o remorso ao pensar nas crianças: a filhinha, Lucinha, ainda com dois aninhos, o garoto, Gui de Guilherme, são paulino como ele, com seis anos, a perguntar porque não dormia mais em casa. E também a Ângela, Ângela angelical, a ex-mulher da qual não tinha queixas. Ter de explicar que se separara a cada um que mandava lembranças à Ângela era um saco! Ser casado era não ter individualidade, ser visto sempre como par. É incrível constatar esta simbiose completa.

Ele mesmo passara a notar como sempre diante de uma pessoa amiga estava a perguntar sobre a esposa ou sobre o marido. Era a força do modelo social: os casados eram sempre vistos como pares, mesmo estando sozinho.

A forma de reagir aos impasses foi agir, não deixando de cumprir seus afazeres de professor e no consultório como clínico geral: alugou apartamento perto da faculdade à qual devia comparecer toda manhã, bem cedo; foi duas vezes ao advogado, uma vez com Ângela, outra sozinho e a petição da separação já fora assinada.

Ângela estava, como era de seu feitio, submissa. Pediu apenas que lhe fosse dado como pensão, fora a parte das crianças, o correspondente aos honorários de psicóloga para uma terapia de apoio que se tornava imprescindível naquela situação, para o bem mesmo dos filhos. No mais, ficaria com o apartamento e Evandro com o terreno que haviam comprado em Toque-Toque no litoral norte. Ambos teriam apenas o usufruto dos imóveis, cujos proprietários seriam os filhos. Boa solução. O trauma da separação em juízo fora menor do que se esperava.

Na verdade, a aventura estava valendo a pena. Era um pouco de sonho e charme naquela vidinha modorrenta que levara: criança, aulas, correção de provas, reunião do Conselho de Medicina, leituras técnicas. Com Consuelo a vida tomara tons mais alegres.

Mas, em um sábado pela manhã, ainda detentor da chave do apartamento agora de Ângela, foi entrando em casa, para ver os filhos. Ângela estava com uma pequena camisola, terminando de tomar café.

– Oi de casa, disse Evandro

– Oi, Evandro, não o esperava, por isso estou nestes trajes.

– Não se importe, sempre achei que caía bem esta camisolinha em você. E as crianças?

– Foram dormir na casa da prima, a Liça que está de aniversário hoje. Quer tomar alguma coisa?

– Um café preto. Eu mesmo me sirvo.

Ao passar por detrás de Ângela para alcançar a garrafa térmica, enfiou as mãos em seus seios e beijou-lhe a nuca. Ângela de início não reagiu, mas depois se agarrou ao seu pescoço e foi levada no colo até a cama, com Evandro tirando apressadamente camisa e calça. Foi um amor sôfrego de ambas as partes, mas não chegara a ter todo o encantamento que havia com Consuelo. Fora, curiosamente, pensava Evandro, das melhores trepadas que já tivera com Ângela.

Foi surpreendido pela voz de Ângela que indagava: Por que você traiu a Consuelo comigo?

Não houve tempo de responder. Tocou o celular que soou várias vezes sem que atendesse.

– Era a Consuelo, não era? Quando você estava com ela, eu ligava e você não atendia. Hoje foi o inverso.

– Ângela! Devo ir, preciso passar no consultório. Vestiu-se às pressas sem nada dizer. Estava amofinado. Queria sair o quanto antes.

– Dê um beijo nas crianças, diz que passei aqui, falou já se pondo na porta de saída.

– Apareça com mais calma, sem celular a perturbar, disse Ângela sorrindo do ex-marido fujão.

Evandro estava meio atordoado com o que fizera, mas não demorou muito a tomar pé da situação. Tinha as duas mulheres a seu dispor, tinha as duas chaves das casas. Poderia ir e vir. Consuelo é que não poderia descobrir. Só se Ângela contasse, mas sempre fora uma pessoa de caráter, não cometeria essa traição. E Consuelo jamais desconfiaria depois do relato que fizera da depressão que sempre sentira, mais ainda nos últimos anos, ao fazer amor com Ângela.

Consuelo estranhou Evandro não ter atendido o celular.

– Esqueci dentro do carro quando fui visitar as crianças, disse.

– E como estão elas? – perguntou Consuelo

– Bem, o Gui quer ir ao Morumbi no próximo sábado, jogo entre o São Paulo e o Grêmio de Porto Alegre, a Lucinha estava um pouco macambúzia, mas vi não ser nada. Garganta em ordem.

– Querido, não vejo a hora de você me apresentar as crianças. A Ângela acharia ruim?

– Por ora, é melhor não. Quando vierem as festas de final do ano poderemos sair os quatro juntos. Prometo.

No sábado seguinte, nem pensou em telefonar. Foi à casa de Ângela, entrou sem tocar a campainha. A casa estava silenciosa, prova de que as crianças não estavam, mas ouvia-se o barulho de chuveiro. Tirou a roupa e foi direto ao banheiro assustando Ângela que não o rejeitou, apenas disse que as crianças haviam passado a noite fora e poderiam chegar a qualquer momento. Evandro sentiu que situação melhor era impossível: teria de fazer amor e se recompor rapidamente.

Saiu correndo, nem esperou os filhos chegarem. Quis almoçar com Consuelo aproveitando o verão que se aproximava no Ilha das Flores, um restaurante aberto no Morumbi. Consuelo estranhou: no Morumbi? E o jogo que você prometeu levar o Gui?

– Ah! Ele tem um aniversário. Ficou na dúvida, mas preferiu ir à festa do amiguinho.

– Por falar em aniversário, no próximo sábado haverá em Bertioga, onde minha irmã mora, um almoço em comemoração aos seus trinta anos. Quero ir com você. Minha irmã, Tais, sempre fala em conhecê-lo. É uma oportunidade. Podemos ficar lá e aproveitar a praia.

– Vamos. Espero que não seja reunião de pais e mestres na escolinha do Gui.

– Mas, precisa mesmo ir nessa reunião, em pleno sábado?

– Vou saber direito essa história. Também quero muito conhecer a Tais.

– Bom, me avise, pois devo ir de qualquer jeito.

– No meio da semana aviso.

No fim do almoço estava exausto, sem saber ao certo o que preferiria para o próximo sábado: tomar banho de chuveiro com Ângela ou banho de mar com Consuelo.

Foram para casa de Consuelo, onde dormiu no sofá para desconsolo da namorada que pretendia ir ao cinema no final da tarde. Ao acordar, Evandro pretextou uma brutal dor de cabeça para ir para o seu pequeno apartamento. Consuelo esperava uma noite de sábado mais alegre!

No domingo, saudoso das crianças, telefonou para o filho. Passou na casa de Ângela. Brincou de bola com o filho, no pátio do edifício. Carregou Luci no colo. Ângela o acompanhou até a garagem, no primeiro subsolo.

– Evandro, na quarta de noite haverá uma palestra da minha psicóloga, ela disse que seria importante você ir. Acho que seria bom assistirmos juntos.

– A que horas? Sobre o quê?

– Às vinte horas. Dá pra ir? O tema é: reconstrução.

– Vou ver. Ligo na terça.

Almoçou na casa dos pais. As perguntas de sempre, das crianças à Ângela e sobre Consuelo, que haviam visto apenas uma vez. O olhar reprovador da mãe era visível. Saiu aliviado por ir embora, pelo que chegou mais animado à casa de Consuelo no final da tarde, tal como combinara.

Não deu tempo de Consuelo abrir a porta. Já foi agarrando, puxando-a de todo modo.

Ao sair, Consuelo perguntou se sabia da reunião do próximo sábado.

– Que reunião?

– Ora, a de pais e mestres da escolinha do Gui.

– Ah! É verdade, foi antecipada, para quarta à noite.

– Que pena, havia convidado um primo que é estudante de medicina e conhece o seu trabalho para jantar aqui na quarta. Lembra-se, eu já havia falado dele.

– É uma pena, mas tenho essa palestra.

– Palestra? Haverá palestra na reunião?

– Não. É que pra mim essas reuniões são sempre tão chatas como palestras. Mas tenho que ir. Ele vai estar em Bertioga?

– Não sei. De qualquer modo, vê se passa aqui depois da reunião. A não ser que queira ficar namorando a ex-mulher.

– Acho que a Ângela não poderá ir. Por isso, é mais necessária a minha ida.

– Então sai logo e vem até aqui. Tá bom?

– Tá, tá bom.

– Se você for bonzinho, deixo até dormir na minha cama.

– Olha, que nem sei se vou nessa reunião.

– Vá. A avaliação do Gui na escola é importante. É final de ano. Não falte e será recompensado.

Depois do almoço indigesto com os pais, com o olhar reprovador da mãe, Consuelo lhe trouxera paz, logo desfeita, no entanto, pelos caminhos em que terminara por se enredar. E agora? Tinha pensado em ir à palestra com Ângela e terminar em algum motel para marcar presença, ficando livre da passadinha matinal do sábado. Mas, agora a outra cobrava a vinda depois da reunião. Como a vida era difícil.

Na quarta-feira, resolveu ir à palestra da psicóloga com Ângela. Uma série de lugares comuns, mas a palestrante tinha boa comunicação, bom gestual, além de umas pernas bem torneadas. Ângela chegou a pegar em seu braço e o acariciar. Estava com um vestido creme, decotado, o torso bem iluminado por um colar de pérolas, quase na cor do vestido, formando um conjunto que combinava com seus olhos azuis claros.

Ao saírem, Evandro já no carro pôs a mão na perna de Ângela e perguntou para onde iriam.

– Vamos pra casa, tenho uma champagne, uma cava espanhola, na geladeira.

– Mas e as crianças?

– Já terminaram as aulas. Estão na casa de minha mãe.

Era uma e meia, quando acordou, ainda sob o efeito da champagne, e saiu sorrateiramente da cama onde Ângela dormia.

Ao chegar a casa, havia vários recados na secretária eletrônica deixados por Consuelo, preocupada, pois tentara várias vezes falar ao celular, desligado, com a caixa de recados cheia. Pedia que ligasse a qualquer hora para tranqüilizá-la.

Ficou alguns minutos na poltroninha da sala, sentado, curvado, com os cotovelos no joelho e as mãos segurando o rosto, sem saber o que fazer. Tinha de telefonar, isto já decidira fazer, mas às duas da manhã: que desculpa dar? Aquele clima de paixão e aventura estava a se desfazer e a se transformar em uma prisão. Mas, e agora? O que dizer?

Não podia se enganar e falar de novo em palestra. A reunião tinha sido no colégio, pais e mestres, para a avaliação dos alunos no final do ano. Isso tinha que entrar na cabeça, apesar ou até por causa do champagne. E depois, para onde fora? Celular desligado. Raio de celular!!

Dentre os pais havia um conhecido do bairro onde morara quando garoto. Essa seria uma boa desculpa. Qual o nome dele mesmo? Na hora que se precisa a memória falha. Raios! Ah! Era Alfredo, Alfredo Ricco Nunes, o Fred. É isso, isso mesmo. Namoraram a mesma menina, a Tarsila. Eta memória boa, com a qual o Fred terminou por casar.

– Alô! Consuelo?

– Oi Evandro. Onde você anda, cara? Estava meio dormindo, mas preocupada com você.

– Desculpe, querida. Depois da reunião, na qual a avaliação do Gui foi ótima, sem problemas com a separação, comecei a conversar com um grande amigo de juventude, o Fred, e sua mulher, a Tatá.

– E não podia ter ligado? O Marcos ficou esperando até a uma da manhã.

– Que Marcos?

– Ora, o meu primo que estuda medicina e queria conhecer você.

– Puxa! É mesmo. Mas, sabe, amigos de juventude, os dois. Foi um inventário da vida do grupo lá das Perdizes. Esqueci o celular desligado, pensando que estivesse ligado. Bebi uns cinco chopps. Claro e escuro.

– Nós aqui bebemos champagne.

– Eu tam.. Eu gostaria também de ter tomado champagne. Esse chopps não me cai bem. Me deixa estufado. Me perdoa, prometo não deixar você outra vez preocupada.

– Fiquei mesmo, mas acho que você não merece. Lembre-se da ida sábado a Bertioga, para voltar domingo.

– Isso tá certo. O compromisso que teria sábado já cumpri hoje.

– Tchau, que estou morta de sono.

– Tchau.

Evandro estava exausto, mas não conseguia conciliar o sono novamente. A quinta-feira foi um inferno: gritou com a monitora que o auxiliava nas aulas, foi ríspido com dois clientes, titubeantes quanto aos sintomas que apresentavam, e quase bateu no garagista que pusera seu carro no fundo do estacionamento. Estava cansado e impaciente. Muito impaciente.

Para completar Ângela ligou para dizer que o Gui queria ir ao jogo no Morumbi, no domingo, ver o São Paulo contra o Corinthians. Ela também iria.

– Lembre-se Evandro, você prometeu para o garoto, quando contou que iria morar fora de casa, que sempre, mas sempre o levaria no jogo do São Paulo contra o Corinthians e disse que "sua mãe se quiser também poderá ir". Lembra-se. Pois, os dois queremos ir domingo, que será uma partida decisiva.

– Eu tenho um seminário sobre saúde na terceira idade, acho que é sábado e domingo.

– Mas, o jogo é domingo de tarde. Dá pra passar em casa lá pelas duas e ir tranquilamente ao estádio, mesmo com trânsito. Afinal é o seu filho, são paulino como você.

– Eu sei. Mas, por vezes, tem almoço com os palestrantes e discussão à tarde.

– Não se incomode, então, um amiguinho do Gui, cujo pai é separado também, pode levá-lo e me convidou também. É que o Gui queria muito ir com você, e eu também. Mas a gente dá um jeito. Tchau.

Dia chuvoso na praia é um inferno. O grupo, umas quinze pessoas, ficou amontoado na garagem. Resolveram fazer churrasco, na churrasqueira móvel deslocada para a garagem. Evandro, objeto das atenções dos parentes de Consuelo, dava explicações de seu trabalho no campo da Medicina Social. Passou a beber cerveja.

Consuelo, expondo-o como um troféu, estava extasiada, mas ficou preocupada com a quantidade de cerveja que estava a tomar.

– Evandro, olha a cerveja, que o deixa estufado como você disse.

– Eu estufado? Não, me dou bem com cerveja.

– Mas, outro dia mesmo disse que lhe fizera mal, com o seu amigo Fred.

– Ah! Sim. Cerveja de noite é que me faz mal. De dia não. Tudo bem. Vejo que você cuida de mim.

Outra bola na trave, pensou.

No domingo pela manhã não chovia, mas o tempo estava nublado. Consuelo queria fazer uma boa caminhada na praia. Antes de sair ligou para o filho.

– Oi, Gui. Como vai esse são paulino?

– Bem, pai. Estou me preparando para ir ao jogo com o Quico, meu amigo, o pai dele, e a mamãe também vai.

– Que bom, filhinho. Vamos entortar estes corinthianos de segunda. Vai ser um baile.

– Depois eu conto do jogo. Agora tenho de tomar banho e me preparar. Acho que todos ainda vamos almoçar juntos antes do jogo. Tchau.

– Tchau, cuidado..

O filho já desligara.

Ao se unir o grupo que sairia para andar, Consuelo já foi dizendo:

– Que cara é essa? Tudo bem?

– Tudo ok. Dia cinzento me deixa um pouco deprimido.

Não era o dia cinzento. Era a vida que se fazia cinzenta. Família por família, antes a da Ângela: não eram tão espaçosos. Mas, o seu lugar estava sendo ocupado. O pai do Quico levava o garoto no futebol e a sua mulher para almoçar fora no domingo.

A irmã da Consuelo procurou ficar de seu lado na praia.

– Evandro! Estamos felizes por Consuelo. Ela me disse que agora nas festas natalinas vai conhecer os seus filhos. São dois, não é?

– Sim, são dois, um menino de seis anos, são paulino, e uma menininha de 2.

– Espero que se entendam bem com Consuelo. Ela sempre gostou de crianças, é a paixão dela.

– É, esse final de ano vai ser corrido. Já estamos quase no meio do mês. Dentro de quinze dias é o Natal. Nem comprei os presentes.

– Essa é uma boa época para Consuelo. Com o Natal, já agrada as crianças com presentes.

Enquanto a irmã de Consuelo falava, Evandro só pensava como estaria a sua família com o pai do Quico, um boa vida, jogador de tênis, filhinho de papai, riquinho à toa.

Não adiantaram as atenções de todos e especialmente de Consuelo, mais carinhosa do que o normal. Na viagem de volta, Consuelo quis saber o que estava se passando, se gostara da sua família, se achara a casa agradável, se a comida era boa.

Evandro elogiou a todos e a tudo, mas não convenceu. Consuelo entristecida perguntou: que bicho te mordeu? Ou já se cansou de mim?

– Não, Consuelo. Acho que é cansaço. Mudança de casa, de vida, muito trabalho, fim de ano, correção de provas na faculdade. Acumulou muita coisa e estou estressado. Só isso.

– E no Natal, para você descansar, o que faremos? Quero conhecer seus filhos, mas depois, entre Natal e fim de ano, poderíamos vir passar uns dias aqui em Bertioga. A minha irmã gostou de você e nos convidou para o réveillon aqui na casa dela. Que tal?

– Vamos combinar.

– Diga-me o que posso comprar para o Gui e a Luci. Não quero dar um fora logo de cara.

– Vou pensar e lhe digo no meio da semana.

– Estou ansiosa para conhecê-los. Será que vão me achar nariguda, feia e má?

– Duvido, eles não tem tanta imaginação para considerá-la nariguda e feia.

– Mas, com certeza serei má.

– Você logo mostrará como é boa.

Evandro estava apavorado com a aproximação de Consuelo, ainda mais agora que vinha se encontrando com Ângela. Seria um desastre essa convivência desejada por ela envolvendo seus filhos e depois a própria Ângela. E o Natal se avizinhava. Tudo que parecia uma aventura estava se tornando uma pequena tortura de todos os dias. E agora?

O tempo de festas de fim de ano sempre havia angustiado Evandro. O consumismo desenfreado, o trânsito, o nervosismo das pessoas, a propaganda exagerada nos jornais, na rádio e na televisão e ainda por cima as festinhas na faculdade, os cartões de natal a serem enviados aos clientes. Consuelo já o convidara para ir a um happy hour na próxima sexta com os funcionários de uma empresa de alimentos à qual dava assistência. Seria um saco. Teria de marcar presença na casa de sua tia, irmã de sua mãe. E as crianças aonde iriam? E ele iria à casa de sua tia ou à da irmã de Ângela, encontrar os sogros e o tender e o peru de sempre?

Seriam as festas deste fim de ano ainda mais difíceis. A Consuelo inventando essa de conhecer o Gui e a Luci, comprando presentes. É demais, demais. Casa de um, casa de outro, caras amarradas, mãe, pai, ex-sogro, ex-sogra. A parentela a demonstrar como se fez bem em ficar um ano sem vê-la.

Ao chegar à Faculdade, recebeu recado para ir, quando pudesse, durante a manhã à diretoria. O diretor saíra, mas o vice-diretor, que, aliás, era até mais amigo de Evandro o recebeu.

– Olá, Evandro. Corre tudo bem, neste final de ano?

– Fora a perspectiva das festinhas, tudo bem. Nós terminamos o programa, estamos apenas acompanhando a elaboração final de monografias do ano e aplicando provas substitutivas.

– Estamos satisfeitos com o seu trabalho e o do Departamento. Veja, o diretor recebeu do Embaixador encarregado de assuntos da Ásia um pedido de indicação de um médico para realizar durante um mês trabalho humanitário, especialmente de organização de ambulatórios em Timor Leste, pois o médico que iria quebrou a perna em jogo de futebol.

– Perna de pau, deveria ser corinthiano!

– Eu também sou corinthiano e não sou perna de pau.

– Só dou fora, né?

– Escuta, a questão é a seguinte: você tem mestrando ou doutorando que queira fazer esse trabalho, que, aliás, é bem remunerado, 4.000 dólares, passagem, hospedagem e pontos no currículo.

– Deveria o médico ter alguma especialidade?

– O melhor seria ser clínico geral. A questão de saúde e de atendimento à população lá é grave. Aliás, o médico deveria decidir isto rapidamente para partir na sexta, devendo tomar pelo menos cinco vacinas.

– Eu me disponho a ir.

– Mas, você? Isto é mais para moço descomprometido.

– Ou para maduro muito comprometido.

– Para nossa instituição é excelente colaboração. O Ministério das Relações Exteriores não vai nem acreditar. Tome as vacinas e veja se não se compromete com alguma nativa. Mantenha a distância.

– Prometo, vou manter a distância. É o que mais quero.

– Me dê os seus dados que passarei imediatamente ao Ministério. Aqui está a lista de vacinas. Vá tomá-las já. O passaporte está em ordem?

– Sim. E as informações sobre a viagem e o trabalho a fazer?

– Conversaremos sobre isso logo mais, daqui a uma hora você pode voltar. Terei contato com o Ministério. Vá tomar as vacinas, aqui está a lista e volte. Combinado?

– Combinado.

Evandro saiu surpreso e ao mesmo tempo esfuziante. Dera um drible nas chateações. Que jogada!! À la Kaká. Tocou na frente e fez gol inesperado.

A todos contou que fora convocado para uma missão, sendo impossível dizer não em situação como essa. Era um dever, um dever que assumia, com todos os riscos: teve de tomar um montão de vacinas. Um montão. Mas, iria ajudar um povo pobre e desnutrido. Tinha até certo orgulho de ir neste trabalho humanitário, mas o ruim era ficar longe da família e ainda por cima com namorada nova. Pedido de ministro não se nega.

Na fila de embarque da Aerolíneas Argentinas, a caminho de Buenos Aires de onde seguiria para Sidney na Austrália, foi albarroado por uma moça.

– Oi, desculpe. Desculpe também a pergunta? Mas, eu vi em sua mão um prospecto do Timor Leste. O senhor está indo para lá?

– Sim. Vou trabalhar na montagem de ambulatórios.

– O senhor é médico?

– Sim. Estou indo em missão? Por quê?

– Ah! Eu sou dentista e também estou indo para fazer um trabalho de um mês junto ao corpo médico brasileiro que lá se encontra. Que coincidência.

A moça era bonita. Os dentes alvos sobressaíam no rosto de maças acentuadas de cor morena. Cabelos longos, pretos.

– É eu vou fazer essa experiência. Vamos ver! Disse Evandro meio sem graça, um pouco temeroso.

A moça percebeu o constrangimento de Evandro:

– Fique à vontade. Não queria perturbá-lo. Durante a viagem, que é longa, e lá nos veremos. Olha a fila está andando.

– Até mais.

Na cabeça de Evandro apenas passavam as palavras do vice-diretor: Mantenha a distância, mantenha a distância.

Era o seu compromisso consigo mesmo. Mas até quando? Dentista. Também pudera com aqueles dentes. Que cabelos pretos. Até quando.........?

GELATO ITALIANO

Três mulheres bonitas, de cabelo sedoso, cheirando a perfume Jo Malone, cheias de pulseiras, vestindo saiotes multicolor e bustier top, passeavam de celular na mão, deixados de olhar por breves momentos, para acrescentar algum fuxico sobre a festa da noite anterior, na casa de um vizinho, cuja mulher todas elas consideravam uma segundona, brega.

Os filhos iam levados pelas mãos das pajens vestidas de branco impecável, sofrendo calor com as meias e tênis também brancos, cuidando para as crianças não se atrasarem, deixarem de litigar por coisa nenhuma, a caminho da nova sorveteria, aberta por dois italianos, à qual estavam a ir pelo terceiro dia seguido no final de tarde.

As jovens esposas procuravam preencher a vida com a prática de yoga, aulas de cerâmica e pilates, jogo de tênis e curso de inglês. Haviam se conhecido no clube em São Paulo, nas aulas de yoga, e os maridos eram dois deles administradores de empresa e outro economista, mas todos trabalhando no mercado de capitais. Assim, foi quase imediata a ligação entre os casais. A convivência no clube foi tornando as mulheres íntimas e os planos de passarem o verão na mesma praia do litoral norte surgiu com a experiência de um fim de semana prolongado, sem atritos e com muita descontração na praia de Juqueí.

Eleonora convidara as amigas e maridos, mas sem os filhos, para a casa de seus pais. Gostaram da experiência, da praia maravilhosa, apenas a estrada lotada com quase cinco horas de viagem surgiu como inconveniente. Em uma temporada maior esse incômodo se desfaria, exceto para os homens em seu ir e vir a São Paulo.

Fernanda e Cristina resolveram alugar juntas uma casa a poucos metros da praia, com duas suítes e outros dois quartos, além de dependências para empregada. Fernanda tinha duas filhas de 3 anos e meio e 5 anos, enquanto Cristina tinha só um filho de 4 anos e meio. Eleonora, hospedada na casa dos pais, tinha uma menina de 5 anos.

Os dois italianos, Nino e Sandro, atendiam os fregueses cheios de alegria, falando um português com mistura de expressões em italiano. Com cerca de vinte e cinco anos, estavam no Brasil há mais de um ano com visto de trabalho, tendo aberto uma sorveteria em Belo Horizonte durante o ano anterior e decidido formar esta sucursal no verão em Juqueí. Gostavam de surfar, e assim uniam o útil ao agradável: pela manhã surf, à tarde comércio e preparo dos sorvetes, que se prolongava pela noite algumas vezes.

Na parte detrás da sorveteria estava a cozinha onde punham em prática as fórmulas que haviam aprendido em famosa escola de Bolonha, a capital do gelato, adaptando-as a algumas frutas brasileiras. Em um quartinho anexo, havia cama estreita para descanso nas noites de maior trabalho, enquanto a massa dos sorvetes se formava.

Sandro encantara-se, desde o primeiro dia, com a pequena Sofia, a filha de Eleonora de cinco anos, a qual fazia experimentar os sorvetes que apontava com o dedinho. Estendia a brincadeira à babá, a Cilene, mocinha de seus vinte e dois anos, de cabelo liso, bem arrumado para trás, olhos brejeiros, próprios das mineiras, cujo sotaque não deixava de revelar suas origens nas Gerais.

Sandro, acostumado com o cantar dos mineiros, foi logo dizendo que morava em Belo Horizonte e indagando de onde vinha a moça com aquela tonalidade doce de Minas.

– Sou de Alfenas, disse Cilene. Percebeu?

– Só em Minas há esse tom, uai.

De imediato, a patroa de Cilene, Eleonora, entrou na conversa, perguntando qual era o sabor do sorvete vermelho? Se era morango ou amora?

É de várias frutas vermelhas, respondeu Sandro ainda olhando Cilene com o rabo dos olhos.

Enquanto isso, Nino atendia às outras crianças e Cristina puxava conversa, querendo saber de qual cidade da Itália eram ele e Sandro, e se eram irmãos. Nino era mais esbelto, elegante, mostrando-se muito cioso de sua camisa de linho branco de botões abertos no pescoço para enfrentar o calor, solta sobre a bermuda também branca. O sorriso era franco, e Nino agradável, mas bem menos expansivo que Sandro.

As duas outras pajens, Juliana, empregada de Fernanda, e Maria, pajem do filho de Cristina, conversavam com Nino e eram mais discretas. Participavam ambas da Assembleia de Deus. Já Cilene era avessa à religião. Tinha o sorriso amável, mas uma personalidade forte escondida por trás do jeito mineiro.

Visivelmente, Cristina mostrava-se encantada com Sandro, enquanto Fernanda parecia se mostrar mais atenta em seguir os olhos e os gestos de Nino. Eleonora, próxima à bancada de sorvetes, já prestava a atenção em Sandro, cujo ar expansivo e bem comunicativo, um pouco malandro, a atraía.

A atração causada pelos sorveteiros italianos também atingiu as pajens. Juliana, malgrado fosse crente e fiel seguidora da Assembleia de Deus, não deixou de se interessar por Nino, cuja discrição e modos muito delicados fazia o seu gosto, lembrando a figura de seu avô, um oriundo do Veneto, calmo e tranquilo. Maria, que era mais sisuda, não deixou, no entanto, de observar com também interesse o Nino, que se revelava mais cerimonioso. Cilene, todavia, ficou visivelmente tocada pela alegria de Sandro.

Assim, patroas e empregadas coincidiram em suas escolhas, mas tinham universos muito diversos, é evidente. Havia divergências, todavia, entre as mães das crianças, que ganhavam cores de um conflito, a princípio pouco relevante, mas que foi se açulando.

Eleonora era seguidora fiel da super influenciadora Mônica Furquim, no Instagram @furquimm, cujas orientações iam além de moda, de como se vestir em cada ocasião, sempre de modo um pouco mais colorido. As jóias, brincos e pulseiras escolhidas traziam pedras, que a seguidora podia escolher conforme o signo. Mas Mônica Furquim ia além da indicação de roupas e acessórios para entrar na seara do comportamento.

Ao pretender agregar constantemente algo no campo do sentimento a cada seguidora, insistia em recomendar a busca de autenticidade, para que, em toda a manhã, se perguntasse qual o desejo verdadeiro que se tinha e buscar, com força, realizar. Insistia na procura da felicidade, indicando exercícios de meditação e de concentração visando a dar conteúdo relevante à própria vida.

Já Fernanda e Cristina abominavam Mônica Furquim e elegiam a Luiza Figueiredo, no Instagram @Lufigueiredo, como o modelo a ser seguido. Fernanda chegava mesmo a se referir a Furquim como uma picareta que sem ser psicóloga se metia em exercício ilegal da psicologia, a dar conselhos para apaziguar insatisfações e receitas de cura psíquica, com amadorismo gritante.

Nesta crítica era seguida por Cristina, que via em Lu Figueiredo o caminho discreto de mulher elegante e que não pretendia se meter na vida alheia. Fernanda e Cristina toda a manhã dedicavam-se a consultar as "dicas" de Lu Figueiredo, que, no plano pessoal, limitava-se a dizer que a beleza do corpo e da roupa era o bastante para alegrar o dia. E proclamava: minhas seguidoras, curtam a vida vivendo a beleza e o prazer que podem produzir com seu cabelo sedoso, seu perfume na quantidade certa e na hora certa, com o tom descontraído pela manhã e uma seriedade contida no final de tarde.

Eleonora contestava, proclamando que a beleza estava também em ser autêntica, fiel a si mesma na medida do possível.

Esta discussão sobre autenticidade e verdade de si mesma, em uma noite com mais vinho branco, reverteu para uma indagação mais incisiva: e você, Eleonora, se separaria de seu marido que, como se vê, não mais a atrai?

Nunca fui infiel, mas alimento tentações, como pelo sorveteiro Sandro. Não nego, e reúno coragem para ainda este ano definir minha situação emocional. E vocês duas?

Eu vivo de esperança, disse Fernanda. Espero um dia voltar a ter a paixão que já tive e me dedico aos meus filhos.

Você é uma conformada, Fernanda? Por quê?

Tenho uma vida boa. Meu marido não me trata mal, me sustenta. Basta manifestar um desejo e ele sempre está pronto a gastar para me satisfazer. Temos uma posição social e garantimos tranquilidade para nossos filhos. Vou levando, na base assegurar harmonia e odeio a discórdia. Uma discussão, mesmo sobre política, me desconserta.

Eu, pelo contrário, não me abalo com discussões, disse Cristina. Tal não quer dizer que não me conforme com a vida em sua rotina. O casamento é mesmo uma conveniência, e sexo é ilusão da adolescência. Eu e meu marido levamos o dia-a-dia sem pensar muito. Está tudo encaixado sob roldanas. Para que andar a fazer perguntas. Se tenho esperanças de uma existência mais significativa, reconheço que as tenho, mas em pequeno grau. Pode ser...

Eu, disse Eleonora, seguindo Mônica Furquim...

Lá vem você com esta guru de garagem... disse Cristina. Chega, caramba...

Sigo muitas das sugestões da Furquim e não tenho vergonha de dizer. Se um dia ceder à tentação de trepar com alguém como o Sandro, acho que volto para casa e conto ao o meu marido. A Furquim me convenceu de que ser autêntica é o mais importante.

Mas, se você já peca por pensamentos, disse Fernanda à Eleonora, por que não cai fora do casamento em nome dessa autenticidade? Precisa ir para cama com alguém para ser autêntica? É verdade que seria muito bom ir para cama com um italiano "caliente", mas como diziam na escola: "não peque por pensamentos, palavras e obras".

Mas se você traísse seu marido, Fernanda, você se delataria? Viveria essa aventura sem a assumir e continuaria como se nada tivesse acontecido?

Já pensei em trair meu marido e o faria com o Nino, pelo gosto do sexo, que para mim ainda continua a ser importante, não achando ser uma ilusão da adolescência, como diz Cristina. E confesso que na cama com meu marido tem sido sem qualquer prazer. Mas, se vier a trair meu marido, não conto nada. Não vou, por isso, abalar meu sistema de segurança, perder minha casa, meu carro, meus filhos, meu sossego. Tenho capacidade de fazer de conta que nada aconteceu. Acho eu. Já pensei nisso. E a aventura com Nino, por exemplo, seria apenas sexo. Sem outra expectativa. Minha esperança é continuar como está.

Para amanhã ser tão bem aproveitado como hoje, com corrida na praia, yoga na casa da Eleonora, ginástica na piscina da casa dela após o yoga, é melhor irmos dormir, disse Cristina. E assim, as jovens fulgurantes esposas foram para seus leitos conjugais sem cônjuge, mas com ideias na cabeça.

Era noite de folga. As patroas resolveram levar as crianças a uma pizzaria e deram uma noite de folga para as pajens. As três, Cilene, Juliana e Maria, resolveram ir a um bar mais simples perto da praia, onde o som de sambão atrapalhava a conversa, mas a cerveja era bem gelada e havia um bolinho de queijo delicioso.

Cilene, sempre curiosa sobre as demais pessoas, foi logo perguntando a Juliana se sempre havia sido pajem.

– Não. Sou pajem há quase seis anos desde os meus vinte um anos. Mas antes, com curso fundamental, trabalhei como telefonista em um escritório de contabilidade. Lá me apaixonei pelo filho do meu chefe, também contador como o pai, mas houve resistência da família e fui despedida. Encontrei consolo na Assembleia de Deus e como gosto de criança trabalhei a primeira vez como pajem de uma conhecida do meu bairro, Artur Alvim, na zona leste de São Paulo.

Vi um anúncio de jornal oferecendo emprego de pajem e me arrisquei. Estou há dois anos trabalhando com dona Cristina, e tenho não só a vantagem do salário, como o fato de ser só um menino e poder dormir no emprego. Mas perdi a possibilidade de ir à igreja de Artur

Alvim. Fui bem recebida na igreja do Paraíso, não muito longe de onde moro, onde cheguei com carta de apresentação do meu pastor.

E o filho do chefe, você continuou a ver? Perguntou Cilene.

– Não, obedeceu o pai e se afastou totalmente de mim. Tenho esperança de um dia reencontrar o amor. Quanto mais paz colocar na minha alma, melhor será para mim, como dizia o meu pastor, pois Deus recompensará a minha mansidão. Não perdi a fé em ter a minha casa com um marido e filhos, mas Deus na sua sabedoria proverá. Eu tenho uma certeza, nem sei porque, que a vida irá melhorar. Nada diz isso, mas tenho essa certeza. A força da justiça é grande.

E um homem como Nino, que eu vi deixar você interessada, a levaria a uma aventura de verão? Uma "ficada" pelo menos.

Você percebeu? É, de verdade, achei um homem interessante. Mas a minha patroa, acho, pelos olhares dela, vai levar o prêmio. Nunca soube que traísse o marido, mas percebo que está um pouco insatisfeita nessa parte. Ela, Fernanda, e seu Carlos parecem meios indiferentes, meio fria a relação. E os olhares que deu para o Nino não me enganam.

Mas, deixa sua patroa pra lá. E você como sente? Faria uma aventura com o italiano?

Peço a Deus que me salve da tentação. E pena estar longe do meu pastor, dos dois, o de Artur Alvim e o do bairro do Paraíso. Eles me dariam uma orientação.

Creia no Senhor e fuja da tentação, disse Maria.

E você, Maria, o que faria? Sempre foi pajem? Resistiria à tentação? Ou teria receio de entrar em competição com dona Fernanda ou mesmo com sua patroa, Cristina, provocou Cilene.

Eu, balbuciou Maria, estou convencida de que só Deus, por Nosso Senhor Jesus, enviará o homem que me merece. Espero e me conformo com o que tenho. Sou pobre, mas um dia, talvez, consiga melhorar de vida. E, se Deus quiser, me casar e dar filhos para o Senhor. Na verdade, nem espero. Se vier, virá. Não fico a alimentar desejos. O destino não nos pertence, pertence a Ele. Se for para avançar na vida, conseguir uma oportunidade melhor, arranjar um homem que me ame assim como sou, então irá acontecer. A Providência divina irá dispor, nem quero colocar o meu desejo. O que vier, virá.

E você Cilene? Perguntaram juntas as duas. O que já fez e o que quer fazer?

Eu sou pajem há dois anos. Sou do interior de Minas. Trabalhava como secretária em uma empresa de informática em Alfenas. Com essa crise, a empresa fechou e não consegui emprego. Minha irmã, que já estava em São Paulo, soube dessa oportunidade de ser pajem com dona Eleonora, da qual era manicure e me apresentou. Não me conformo com essa situação.

Por que? Indagou Juliana.

Sinto uma revolta ao acompanhar a vida sem sentido de nossas patroas. É só futilidades. Frescuragem, não acham? Vou lutar para mudar minha vida com cursos pela internet. Não fico parada não. Quem fica esperando é porque se conforma. Eu não me sinto bem correndo atrás das comodidades de dona Eleonora. Faço o meu serviço e trato bem a criança porque sou responsável, mas odeio o que faço.

Mas a revolta apenas afronta os desígnios de Deus, disse Maria. E com o italiano que ficou enrabichado com você?

Não ponho Deus no meu programa de vida. Conto mais é comigo mesmo. Não quero mudar o mundo. Nem sei o que seria isso. Quero é me levantar e arrumar a minha vida e não reconhecer o direito de ser tratada como empregada por quem quer que seja.

E o Sandro? Você toparia uma aventura? Acho que sim pelo que diz, observou Juliana.

Se um dia estiver a fim de sexo, topo. Mas agora, não estou. E até gostaria de vencer minha patroa, cujos olhos gulosos quase engoliram o Sandro.

A conversa começa a ficar braba, disse Maria. É melhor irmos dormir. Voltaram, então, para seus quartos e para a tarefa cansativa de pajem.

A ida à sorveteria passara a ser obrigatória. As adultas talvez mais excitadas do que as próprias crianças. E Nino e Sandro, este mais que Nino, a fazer elogios, brincadeiras e provocações, ora derretendo olhares para uma pajem, ora para uma patroa. Mas o olhar de Sandro mais contundente era sempre sobre Cilene. Por vezes, fazia gentileza para sua patroa, Eleonora, a quem um dia levou para ver o interior da sorveteria e a elaboração das massas.

Eleonora mostrava-se encantada. Gostou da limpeza e do cuidado com os ingredientes. Vendo a porta aberta do quartinho, ainda perguntou se era também um depósito. Não, respondeu Sandro, é o lugar do descanso do guerreiro. De descanso ou de batalha do guerreiro, observou Eleonora, apontando a cama. Os dois, disse Sandro.

Ao saírem do interior da sorveteria, Sandro piscou para Cilene e disse: um dia mostro também para você. Eleonora olhou com ódio para a empregada, que pensou ser uma metida, ou metida a besta.

Em uma sexta-feira, os maridos chegaram de viagem. Nesta noite os casais reuniram-se na casa de Eleonora para jantar. Eleonora estava com a cor morena, que pegara já de tanto sol, esfuziante. Ao irem dormir, o marido quis fazer amor, mas Eleonora só tinha pensamentos para Sandro e pretextou um cansaço imenso de tanto sol para afastar o marido, que logo entrou no sono.

Era já uma da manhã e Eleonora não conseguia conciliar o sono. Foi ver a filha que dormia tranquila. Deu-lhe na telha ver se Cilene também dormia. O quarto estava vazio. Procurou pela casa e nada. Foi ao jardim, nada. Voltou para casa, colocou uma bermuda com blusa de manga mais comprida e tênis da cor da blusa para caminhar melhor. O caminho até a praça era bem iluminado. Foi direto à sorveteria, mastigando ódio à empregada metida.

Se era para ser fiel a si mesma, não poderia deixar de pôr em pratos limpos essa desfeita dos dois. A Furquim faria isso, pensava.

A sorveteria já estava fechada, mas havia luz no interior. Bateu na porta. Ouviu murmúrios e começou a chamar por Sandro e Cilene. Esmurrou a porta e estava para quebrar o vidro quando o seu marido apareceu, perguntando o que havia. Como sair de casa assim de madrugada? E por que estava a quebrar a sorveteria? O que se passava? E Cilene também não estava em casa, para onde deveriam ir imediatamente, pois a filha ficara dormindo sozinha.

O escândalo se instalara. Chorando de raiva e de desconsolo, no caminho para casa Eleonora pediu ao marido para se separarem e para mandarem embora, já nessa mesma noite, a Cilene.

Na manhã seguinte, as duas amigas, Fernanda e Cristina, comentavam: vê o que dá seguir uma influenciadora travestida de psicóloga, essa Furquim, e querer ter a tal de autenticidade? Perdeu o marido, vai ficar numa pior, e ainda mal falada, posta pra trás pela empregadinha. Espero que dê para ir ao yoga.

Por sua vez, Juliana e Maria conversavam: viu o que dá não seguir o caminho do Senhor e fazer só a própria vontade? Agora sem emprego, nem carta de recomendação. Quem vai empregar essa moça sabendo o que houve. E que topete ir deitar com o amante da patroa. Isso que dá não se resignar ao destino que Deus nos reserva e querer abrir o caminho por si só.

JANTAR DE FORMATURA

O final de tarde estava esplendoroso. Da varanda da pousada Terra Azul, avistava-se um harmonioso conjunto de montanhas. A luz do sol vinda do poente no entardecer ia formando sombras diversas, conforme os raios encontravam obstáculos. Assim, a paisagem mudava a cada quinze minutos. Mas a paz era sempre a mesma, divisando-se nas encostas vacas e cavalos pastando com seguidos pequenos passos à frente na trilha que corta a montanha.

Carolina tinha encanto pela vista que não cansava de olhar da varanda de sua pousada. Há dez anos inaugurara o lugar. Hoje, com trinta e cinco, sentia-se realizada, sem o medo inicial da aventura de ter saído de São José dos Campos para viver de uma pousada na roça.

Naquele dia, estava também mais satisfeita, pois houvera sem esperar a reserva de quatro quartos de uma quinta para sexta em meados de novembro, logo depois dos feriados da proclamação da República. A reserva incluía jantar com comida mineira no fogão a lenha da qual sua velha empregada, Maria das Dores, era especialista. Só haviam pedido que o lombinho fosse substituído por uma carne de panela, mais leve para noite. Dois outros empregados, Daniel e Lucinda, cuidavam da portaria, da limpeza e da arrumação dos quartos.

Os hóspedes deveriam chegar por volta das 18 horas. O jantar fora pedido para as 20h30, tempo para todos se acomodarem nos quartos e tomarem um banho. Seria um jantar de 50 anos de formatura na escola de engenharia do ITA, Instituto Tecnológico da Aeronáutica, de São

José dos Campos, município vizinho a Monteiro Lobato, onde se situava a Pousada Terra Azul.

Eram quatro hóspedes, um quarto para cada, apenas homens, todos com mais de 70 anos. Quem fizera a reserva viera em seu próprio carro, os demais haviam saído da faculdade onde tinham passado a manhã visitando a Escola e sendo homenageados pela diretoria. Vieram de van. Todos já haviam chegado pouco antes do crepúsculo, que agora encantava a vista.

Quem fizera a reserva já havia estado um final de semana, alguns anos atrás, na pousada. Carolina recordava-se: o sábado fora lindo, mas o tempo virara e caíra a maior tempestade já vista, com queda de barreiras na estrada para a sede do município e falta de luz. Chamou a atenção a esfuziante personalidade daquele velho irônico e cheio de alegria que enfrentara esportivamente as dificuldades criadas pela intempérie.

Saraiva era o nome deste senhor de meia altura, cabelos brancos bem arrumados, rosto sem rugas, com dentes alvos e alinhados e o sorriso sempre posto no rosto, como se estivesse a se divertir no mundo.

Os três outros hóspedes eram altos, um metro e oitenta mais ou menos, sendo dois carecas com cabelos cinza nas têmporas e outro com cabelos pintados na inafastável cor acaju própria da tintura mal feita, com a qual os homens pretendem rejuvenescer.

Os altos contrastavam com o mais baixo não só na altura, mas no temperamento: eram sisudos, sérios, cordatos, mais reservados. Já Saraiva era expansivo, falador.

Tinham colado grau em 1.968. Eram os remanescentes dentre vinte e dois formandos. Alguns faleceram com meia idade, mas doze haviam morrido nos dois últimos anos.

Saraiva viera só, pois ficara pouco tempo na cerimônia. Na verdade, não tinha paciência para solenidades e chegara antes da van, trazendo uma caixa de Rosso de Montalcino.

Já na chegada da van, Saraiva foi se desculpando por haver se esquecido de pedir cadeira de rodas, mas que providenciara um bastão de madeira para cada um. Nos bastões estava escrito a fogo: 1.967 – 2.017.

Os três se entreolharam largando no ar uma reprovação ao provocador, mas sem deixar de agradecer a desagradável lembrança. Antes de irem ao salão de jantar, Carolina mostrou onde estava o banheiro, orgulhou-se da enoteca, localizada junto à escada, ao lado de um depósito onde guardavam material de limpeza, pedindo para não confundirem com o banheiro, o que sempre ocorria se ficassem meio alcoolizados. Todos riram.

Apesar dessa inicial descontração, no jantar o clima inicial estava meio frio, mas Barroso, Barbosa e Mendes foram se soltando na medida em que se esvaziavam as garrafas de Rosso de Montalcino.

Logo após o primeiro prato, uma salada de rúcula com ovos pochê e bacon, ao chegarem as bandejas com arroz, feijão, farofa, carne de panela, couve e batatas cozidas, começou uma discussão política.

Barroso lembrava que o Saraiva fora o único deles a apoiar o golpe como anti-janguista fanático, lacerdista de carteirinha que pregara a entrada dos milicos na política, sendo mesmo visto como um puxa-saco dos oficiais da aeronáutica que ocupavam cargos na faculdade.

Mendes, em seguida, disse que sempre odiara política, desde estudante até hoje. Por isso não diria nada. Preferia saber de Saraiva e dos outros como fora a vida amorosa. Saraiva enviuvara de Cynira, moça linda, atração geral da escola. Barbosa era casado, mas sem filhos. Só

Barroso se casara, tivera três filhos e hoje sete netos. Mendes ficara solteirão. Qual fora feliz? A tentativa de mudar o assunto não teve êxito.

Antes de Saraiva responder, Barbosa interferiu: durante a faculdade, em 1.963, meu pai era contador da Rede Ferroviária Federal e atuava no sindicato. Lembro, Saraiva, termos discutido sobre o futuro do sindicalismo e lhe disse que havia gente séria no trabalhismo, tanto que meu pai fora cogitado para ser do gabinete do Ministro do Trabalho. Você, com esse eterno sorriso, apenas respondeu: essa mamata vai acabar, os milicos vão por ordem no país. Em abril do ano seguinte, estávamos no segundo ano da faculdade, um mês após o golpe, meu pai foi preso e depois afastado do cargo por ato dito revolucionário. Passamos dificuldades meu pai, minha mãe, eu e meus dois irmãos menores.

Já que estamos arrolando nossas dores do passado, disse Barroso, quero então recordar ter sido chamado, logo após a formatura, para trabalhar na Petrobras, a começar em abril, durante o regime militar. Alguém me denunciou à empresa, que desfez a contratação em vista de minha militância no Centro Acadêmico. Pastei para arranjar outra colocação depois disso. Você sabia desse mal período que vivi, Saraiva?

Saraiva não perdeu a pose. E com muita calma, olhando para cada um com o copo na mão, pediu um brinde à vida. "Somos os sobreviventes, disse. Vencemos: hoje aposentados, voltamos para viver em São José dos Campos onde encontramos nossas mulheres. O Mendes não casou, mas nunca quis se afastar da cidade. Tenho meus defeitos, mas qual de vocês não os têm? O pior deles é o ressentimento que impede a alegria de viver".

Continuou, então, sua fala: "Em vez de festejarmos essa data, começamos um rol de lamúrias. Vamos com 75 anos nos perguntar o que pretendemos fazer no ano próximo e nos cinco anos futuros. Olhar para trás para arrebanhar tristeza é coisa de velho. Sejamos moços. Com a experiência acumulada, vamos fazer propósitos para o futuro".

Fez-se um silêncio na sala. Saraiva pegou de novo o copo de vinho que depositara na mesa e fez um novo brinde: "a um presente alegre, abaixo a sisudez. Quem foi sisudo merece cascudo. Vamos gritar: eu quero tudo e já. Para começar não vou responder às acusações veladas de vocês. Digo apenas ao Mendes que sei teve uma paixão adolescente pela minha falecida mulher. Era meio bruxa, uma mulher má. Fui infeliz com ela. Qualquer um seria. Você não perdeu nada. Já morreu faz vinte e cinco anos".

Mendes olhou com um misto de espanto e de raiva, mas ainda balbuciou: que azar!

Nesse instante, Carolina que, de momentos em momentos, ia à sala de jantar para ver se tudo andava bem, nesse instante, receosa do clima virar inamistoso, interferiu para dizer que ia servir a sobremesa e logo em seguida deveria encerrar o serviço em vista do horário, já sendo mais de onze horas.

Com a sobremesa, a pousada ofereceu um Amaretto. Saraiva ainda quis um conhaque. Barroso o acompanhou neste último drink. Todos terminaram alcoolizados. Para surpresa de Carolina, os convivas passaram a fazer vivas ao futuro, como sugerira Saraiva. Ao findar o jantar, todos se congratulavam com voz pastosa.

Na manhã seguinte, os hóspedes apareceram para o café da manhã com a cara amassada, olhos pequeninos e passos lerdos. Não aceitaram a sugestão de Carolina de fazer um passeio a pé na colina, em frente de onde se divisa mais ampla paisagem.

Às onze horas entraram no carro de Saraiva, já esquecidos dos embates do dia anterior. Pareciam amigos em férias, apenas cansados pela noite mal dormida por conta do álcool. Saraiva deixaria os três em um ponto de táxi na entrada de São José dos Campos. Carolina acenou para o grupo e correu a arrumar a pousada que receberia hóspedes para o final de semana.

Na manhã do dia seguinte, sábado, bem cedo, Saraiva acordou sentindo-se mal, com pressão baixa, pondo sangue pelo nariz e pelo ouvido. Arrastou-se até o interfone e pediu socorro ao porteiro. Não conseguia abrir a porta da cozinha, estava sem forças. O porteiro foi à procura do zelador que possuía, por segurança, uma chave do apartamento. Ao entrarem, porteiro e zelador divisaram com Saraiva caído na cozinha.

Chamaram o Pronto-socorro. A ambulância demorou meia hora a chegar. Saraiva fora posto em sua cama e respirava sôfrego, vindo a falecer quando o médico e enfermeiro adentravam no apartamento. O zelador assistiu ao seu último momento.

O médico constatou a morte, mas não sabia definir sua causa. Quis que procurassem um parente. O zelador tinha apenas endereço e telefone de uma irmã, Albertina, residente em Jacareí. Avisou por telefone a morte do irmão e informou que pediria o traslado do corpo para exame necroscópico, a fim de se estabelecer a *causa mortis*.

Na segunda de tarde, o assistente do diretor do Instituto Médico-Legal falava com o Dr. Saliba, delegado titular da delegacia do bairro onde se situava o apartamento de Saraiva.

– Dr. Saliba, temos aqui um caso estranho, pois o conhecido engenheiro Saraiva morreu por ingestão de veneno contra rato. Foi encontrado caído no apartamento trancado por dentro. Se for suicídio, é estranho que tenha clamado por socorro, interfonando à portaria. Envio por e-mail o exame de corpo de delito, ainda não assinado, e um portador levará o Auto do Exame finalizado até amanhã.

– Onde o cadáver foi encontrado?

– No apartamento dele, Saraiva. Fica na Rua dos Gerânios n. 323, ap. 81.

– Há algum parente?

– A irmã, Albertina Saraiva, que mora em Jacareí, o telefone dela é ...

– Vou passar no apartamento que é perto daqui e logo dou um pulo aí para falar com o médico-legista. Foi o Dr. Anselmo o responsável pela necropsia?

– Foi. Ele fica até às 19 horas. Aviso que o senhor virá.

– Grato, até já.

O Dr. Saliba tinha por volta de quarenta anos. Entrara na polícia levado pela fama de seu avô, um delegado que ficara famoso por sua capacidade investigatória, desde seu primeiro caso de homicídio em Itanhaém, em 1.940. Saliba herdara o gosto da cuidadosa verificação dos fatos e das personalidades dos envolvidos. Dera certo e por isso ganhara o respeito dos colegas e a admiração de alguns por sua honestidade.

Saliba chamou o motorista Osvaldo, bom de direção, mas um pouco fraco de cabeça, que às vezes mais atrapalhava do que ajudava. Saliba devia sempre pedir para não se intrometer nas investigações.

Ao chegar ao apartamento, foi reconhecido pelo porteiro.

– Conheço o senhor, disse o porteiro, já vi na televisão. Veio ver o apartamento do senhor Saraiva?

– Sim. Você tem a chave?

– Tenho. O zelador disse que se a polícia aparecesse, porque o médico achou estranho a morte, era para deixar entrar. O zelador saiu, mas deve chegar a qualquer momento.

– Você é que estava de serviço no sábado?

– Foi. Foi terrível. Ele punha sangue pelo nariz, estava sem força alguma. Antes ele não conseguia abrir a porta. Tive de chamar o zelador, que tem a chave, para só aí abrir o apartamento. E ainda por cima, o socorro demorou uma meia hora a chegar. Foi o tempo de colocá-lo na cama e ele falecer.

– O Dr. Saraiva recebeu alguém aquela noite?

– Eu já estava de serviço quando chegou de viagem, o carro cheio de pó. Disse estar cansado pela noite mal dormida e que se alguém chegasse ou jornal ou a Veja que não interfonasse, pois queria dormir até mais tarde. Ninguém veio.

– Passe-me a chave, então. Depois conversamos melhor. Se o zelador chegar peça para ir ao apartamento.

Saliba encontrou um apartamento amplo, com sala grande e um Home Theater. Quadros de gosto duvidoso nas paredes. Na cozinha, restos de queijo, presunto e pão. Recolheu em sacos plásticos os alimentos. Na geladeira, uma garrafa de Coca-Cola zero aberta, que também guardou, e um pote de mostarda Dijon mal fechada. Na pia, pratos e talheres sujos.

Um quarto fora transformado em escritório. Em uma estante de livros, havia vários porta-retratos. Estava com a fotografia de uma mulher bonita, vestida à moda dos anos 80, com cabelos crespos loiros e olhos azuis, quando percebeu o barulho de alguém entrando.

Era uma mulher, que logo foi se apresentando como Albertina, irmã do falecido.

– Desculpe invadir a casa do seu irmão, disse Saliba, mas é preciso investigar, pois infelizmente constatou-se que morreu por ingerir veneno de rato.

– Eu soube, Dr. Saliba. Posso garantir que não foi suicídio. Nunca vi ninguém falar tanto em futuro e ser tão entusiasmado com a vida como o Saraiva. O meu irmão Beto.

É impossível pensar que tenha se suicidado.

Saliba permanecia com o porta-retrato na mão.

– Ah! Esta é a minha cunhada, a Cinyra, com a qual Beto casou-se e já falecida. Ela gostava muito dessa foto descontraída. Era uma pessoa diferente, alternativa, que amava crianças, mas não pôde ter filhos. Não foi um casal feliz. Mas, Saraiva guardava ainda esta foto.

Saliba foi ao quarto de empregada onde se guardava o material de limpeza. Esquadrinhou cada canto e não achou traço de qualquer veneno, muito menos veneno contra rato. Nesse instante, o zelador apareceu.

– Dr. Saliba, disse o zelador, foi a primeira vez que assisti uma morte. Foi angustiante.

– Ele chegou a dizer algo?

– Não. Não tinha forças, doutor. Punha sangue pelo nariz e não conseguia nem respirar direito. Um sufoco.

– Saraiva recebia muita gente?

– Vez ou outra garotas de vinte anos mais ou menos. Ele gostava de gente nova.

– E a empregada?

– Tinha uma faxineira que hoje, ao saber do acontecido, nem quis entrar no apartamento. No final de semana, não vem. Chama-se Rosa.

– Tem ratos no edifício? perguntou Saliba.

– Não. Fazemos dedetização uma vez por ano, no primeiro semestre, mas contra insetos e cupim. Ratos nunca vi ou soube existir.

Saliba anotou o endereço e telefone da irmã Albertina, do zelador e do porteiro, bem como da Rosa, faxineira, cujo registro dos dados o zelador possuía.

Saliba saiu, preocupado em encontrar o Dr. Anselmo no IML.

O Dr. Anselmo o esperava. Era sempre um piadista, como todo legista. Já começou por contar que conhecera uma japonesa com olhinho tão puxadinho que cicatrizara.

– E o Dr. Saraiva? Foi mesmo veneno de rato? Como age esse veneno?

– Sem dúvida, tomou uma colherzinha de veneno. Misturaram com alguma bebida, pois estava bem diluído e tem gosto não tão desagradável. Todos os sintomas, baixa da pressão e deitar sangue pelo nariz e ouvido, são próprios de veneno contra rato. O exame do material confirmou o tipo de veneno.

– Qual o tempo para fazer efeito?

– Depende da estrutura da pessoa, mas se está enfraquecido a ação começa a surgir vinte e quatro horas depois e pode se acelerar em seguida. Tem efeito retardado. Não atinge na hora.

– Há alguma dúvida ou certeza de diagnóstico?

– Certeza total. O processo quando se instala é doloroso, asfixiante.

– Obrigado, doutor. Na próxima, conta uma melhor.

– Vou caprichar, mas a da japonesinha é bem bonitinha, não achou?

– Achei. Até mais.

Pelo celular ligou para Albertina, irmã de Saraiva, indagando se sabia onde o irmão passara a noite de quinta para sexta, pois chegara com o carro cheio de poeira.

– Foi com amigos de classe passar uma noite na Pousada Terra Azul, perto de Monteiro Lobato, uma estradinha de terra, cinco quilômetros antes de Monteiro. Em uma hora chega-se lá.

Eram já seis da tarde, mas Saliba decidiu assim mesmo seguir para a pousada. Eram sete da noite quando entrava nos jardins da Terra Azul. A luz estava acessa, mas ainda não anoitecera, com o horário de verão.

Foi a própria dona, Carolina, que abriu a porta, respondendo ao som do sino da varanda.

– Dr. Saliba! O que tráz a polícia de São José a esta hora de uma segunda-feira a Monteiro Lobato?

– Desculpe incomodá-la e vir sem avisar. Nem falei com meu colega da Monteiro Lobato, mas era urgente fazer algumas indagações e ver se ainda há traços do que foi servido e bebido na última quinta.

– Mas o que aconteceu? Houve alguma coisa com algum dos hóspedes?

– Não sabe ainda, é lógico. Amanhã que sairá na imprensa. Sempre a imprensa! O Dr. Saraiva faleceu, envenenado. Veneno contra rato e deve ter ingerido aqui, naquela noite, pois o efeito é retardado.

– Meu Deus. Imaginei que a coisa não ia bem naquela noite, mas jamais pensei que chegasse a tanto. Envenenamento?

– Sim. Faleceu no sábado de manhã. Vocês têm veneno de rato?

Nesse instante o empregado chegava e foi respondendo no lugar da patroa: Dr. Saliba, temos sim, e vi que a caixa trocara de lugar no depósito debaixo da escada.

– Mas, você não me disse nada, protestou Carolina.

– Achei não ser importante, porque a caixa estava corretamente fechada e apenas fora do lugar onde guardara.

– Quando foi usado pela última vez? Perguntou Saliba.

– Na segunda-feira antes da vinda dos hóspedes. É o dia em que faço uma faxina maior. Hoje, ao pegar o veneno, notei que mudara de lugar.

– Os hóspedes sabiam do depósito? Indagou o delegado.

– Sim, respondeu a dona da pousada. Eu mesma mostrei os cômodos, o banheiro, a enoteca e o depósito vizinho, alertando para não confundirem as portas. Disse mesmo que ali se guardavam objetos de limpeza.

– Ainda há restos da comida ou algum copo ainda não lavado? Quis saber Saliba.

– Não, afirmou Carolina. Tivemos hóspedes no final de semana e lavamos pratos, talheres, copos. O que restou de comida os empregados e eu mesma comemos no sábado. Não sobrou muita coisa.

– Posso ver as fichas dos hóspedes para já ter seus endereços e telefones? Mas disse que imaginava que não terminaria bem o jantar. Por quê, Dona Carolina?

Carolina contou então os diálogos a que assistira, com acusações ao Saraiva e a forma como este respondera. Lembrou, contudo, que tudo terminara num clima amistoso, com todos bêbados e congratulações exageradas à vida e ao futuro.

Informou ainda que todos estiveram perto dos pratos e copos de Saraiva na hora dos brindes, não notando qualquer gesto em especial. Estavam bem alegrinhos, disse.

Saliba acompanhou Carolina até o escritório, onde estavam as fichas dos hóspedes. Havia certa bagunça, com gavetas da escrivaninha abertas e papéis de contas em cima da mesa. Enquanto Carolina procurava as fichas, Saliba ficou a observar a confusão das gavetas e da papelada.

Finalmente, Carolina encontrou as fichas que tinham endereço e celular dos hóspedes de quinta-feira. Saliba anotou tudo. Quis olhar o depósito debaixo da escada. Fotografou o ambiente, as dependências da pousada próximas ao salão de jantar, a cozinha, a enoteca, ou melhor, umas estantes para garrafas, os banheiros. Levou o pacote de veneno e pode verificar que o depósito ficava a poucos metros do salão de jantar e ao lado do banheiro.

Não haviam percebido nenhum dos hóspedes entrar no depósito. Apenas alguns saíram do salão para ir ao banheiro. A Maria das Dores, cozinheira, não dormia na pousada e morava nas redondezas. Se necessário, a ouviria depois.

Ao voltar para a estrada, tão logo o celular passou a pegar bem, Saliba ligou para os hóspedes da quinta-feira, convidando para estarem na delegacia na manhã seguinte: Mendes às nove; Barbosa às dez e Barroso às onze. Feitos os telefonemas, pediu para Osvaldo não ligar o rádio. Precisava pensar no que vira e ouvira. Percebera algo que agora não atinava, mas no sono esperava recuperar a ideia. Estava exausto.

Todos os convivas tinham motivo para matar. Todos se ausentaram para ir ao banheiro e sabiam do depósito. Qual deles teria tido a iniciativa de colher uma porção de veneno e colocá-la na comida ou bebida de Saraiva? Assim, meio sonolento, elocubrava o delegado.

Saliba dormiu intranquilo, com as imagens em rebuliço. O dia começou com chuvisco. Aos dez para as nove estava na delegacia. Mendes entrou na sala do delegado com pingos no paletó.

– Bom dia, senhor Mendes. Sente-se. Quer uma toalha de papel?

– Não, obrigado. O que o senhor quer saber?

– Por que o senhor disse "que azar", quando Saraiva contou da sua infelicidade junto a uma mulher que considerava meio bruxa?

– Que azar dela de ter desperdiçado a vida ao lado daquele traste. Ela era uma mulher extraordinária, uma artista que agora vejo ter sido incompreendida pelo marido, que a julgava uma bruxa. Sei que Cinyra suicidou-se. Não sei como, nem por que razão. Melancolia era como se dizia antigamente, tristeza por não ter filhos, infelicidade no casamento. Sei lá.

– O senhor acha que Saraiva teve culpa nesse suicídio?

– Não sei. Nem me cabe estar a julgar tanto tempo depois e sem conhecer os fatos. Apenas lamento o destino. Não matei Saraiva, nem teria coragem para tanto e motivo tinha apenas para desprezá-lo, não para matá-lo.

– O senhor saiu para ir ao banheiro. Quanto tempo levou ausente da sala de jantar?

– Somos nessa idade escravos da próstata. Fiquei menos de cinco minutos no banheiro, acho que uns três minutos, e só fui ao banheiro.

– Qual dos outros dois o senhor acha que teria mais raiva a ponto de envenenar Saraiva?

– Difícil responder, mas já que me pergunta acho que o Barbosa, com a prisão do pai e as dificuldades de sustento da família, sofreu mais longamente com a desconfiança de que Saraiva delatara seu pai.

Saliba deu por findo o depoimento. Nada se acrescera de importante. Não esperava muito esta manhã.

A chuvinha amainara. Barbosa entrou na sala exatamente às 10 horas.

– Às ordens, Dr. Saliba, disse Barbosa.

– Saiba que todos os convivas são suspeitos de envenenar Saraiva. O que tem a declarar, senhor Barbosa? Perguntou Saliba.

– Tive já raiva do Saraiva, mas tudo passa. Minha raiva já passou há anos. Pode me levar a reclamar, mas nem tenho certeza de que ele viera mesmo a participar da delação de meu pai aos milicos. Se tivesse certeza, teria à época dado uma surra. Hoje posso ter desprezo, só.

– Por que aceitou, então, ir ao jantar na Terra Azul?

– Porque éramos os únicos sobreviventes. Não me sentiria bem deixando de ir. E gosto muito dos demais. Não desgosto do Saraiva como pessoa. É ou era um pouco falso, mas alegre, contagiantemente alegre.

– Dos seus colegas, quem o senhor acha que teria tido a coragem e o motivo para matar?

– Como mera elucubração, creio que o Mendes. Ele tinha loucura pela falecida mulher de Saraiva, que se suicidou por desgosto. Mendes ficou solteiro, como que viúvo de Cinyra. As ofensas à falecida podem ter desencadeado o ataque.

– Quanto tempo o senhor demorou no banheiro em meio ao jantar?

– Pouco tempo.

– Notou a existência de um depósito ao lado do banheiro, debaixo da escada?

– Cheguei a abrir a porta, confundindo com o banheiro, como, aliás, a dona já previra que seria feita essa confusão por conta de bebida, mas fechei imediatamente ao perceber ser o depósito.

Foi rápido também o depoimento de Barbosa. Estranho ter dito que abrira e logo fechara a porta do depósito. Por que admitiu tê-la aberto? pensava Saliba, enquanto ia ao bar em frente tomar um café expresso. O café da delegacia era intragável.

Barroso também pouco esclareceu. Protestou não ter motivo para matar Saraiva, mesmo porque as diferenças com ele datavam de mais de 50 anos e muita coisa ocorrera na política brasileira. Hoje talvez até concordasse na oposição ao PT, que jogou o país na baderna.

– A seu ver, qual dos outros dois poderia ter envenenado Saraiva? Perguntou o delegado.

– Sem dúvida, o Mendes. Ele não se conformou em perder a Cinyra para o Saraiva e menos ainda tê-la visto sofrer na mão dele a ponto de se suicidar.

O delegado almoçou sozinho em uma taverna portuguesa próxima à delegacia.

Será que usaram mesmo o veneno que estava no depósito? Todos sabiam do depósito onde se guardava material de limpeza, talvez algum saneante. Ou teriam levado o veneno no bolso e despejado no prato ou copo de Saraiva?

Na sobremesa, teve um sobressalto. Lembrou-se de algo que o deixou tenso. Precisava voltar à pousada para ver novamente o local. Avisou o delegado de Monteiro Lobato para encontrá-lo na Terra Azul.

Adalberto fora assistente de Saliba e agora respondia interinamente pela delegacia de Monteiro Lobato. Eram quatro da tarde. Carolina estava em uma rede na varanda. Levou um susto com a chegada dos policiais.

– O que mais o traz aqui Dr. Saliba?

– Queria conversar um instante no seu escritório. Pode ser?

– Vamos entrar. Peço um cafezinho para nós.

Entraram no escritório e Carolina indagou: o que há de tão sigiloso para querer conversar aqui?

Saliba apenas abriu a gaveta da escrivaninha e retirou o porta-retrato com foto de uma mulher loira de cabelos encaracolados e olhos azuis.

– É isto que queria olhar. E agora vejo a dedicatória: "À minha aluna dileta, com o beijo de quem te ama, Cinyra".

Carolina ficou estática, sem qualquer reação.

Apenas balbuciou: sim, fui eu que matei o canalha que matou a mulher mais encantadora que conheci. Eu tinha dez anos e ganhei muito apoio da minha professora de pintura.

E, soluçando, continuou:

– Merecia morrer como ela, com veneno. A minha mestra desesperada com o desprezo do marido matou-se tomando formicida. Eu era pequena, apenas dez anos, mas sofri como nunca. Era uma verdadeira mãe e me condoía vê-la por vezes chorar nas aulas. Adorava aquela mulher. A única que me compreendia. Não aguentei ouvir falar dela como uma bruxa, uma mulher má. Estou à disposição para assinar a confissão.

MANGA DE PALETÓ

Sílvia terminara de arrumar a cama. Surpreendeu-se com o que ocorrera, depois da tragédia pela qual havia passado. A manga de um paletó escapava pela porta do armário. Não se impressionou.

Foram sofridas as conseqüências da perda do companheiro ao qual se unira durante três anos. Morto, assassinado, havia um ano, em um assalto em plena Avenida Paulista, quase em frente ao Museu de Arte. Fora estranho não terem levado nada de valor, mas a polícia disse que era assim mesmo: por qualquer gesto, os ladrões atiram e somem antes mesmo de surrupiar a carteira da vítima, conforme em alta voz afirmara o investigador Pedrão, da quarta delegacia.

Lourenço morrera na hora, em uma segunda–feira à noite, dia 15 de setembro de 2.008, dentro do automóvel, com o celular caído entre as pernas. Estava para ligar a alguém. Saíra de uma reunião com cliente havia poucos minutos antes de ser morto em direção de casa, no bairro do Paraíso. Telefonara para ela ainda do escritório do cliente. A outra ligação, do instante do tiro, não chegara a se completar, mas era para número desconhecido. A polícia contatou, então, com o penúltimo número para o qual Lourenço ligara e assim, de chofre, Sílvia soube do acontecido. O cabo Lucas perguntara se conhecia o dono do veículo Corsa, prata, chapa DIE 6563. No instante, Sílvia intuiu a desgraça e indagou: o que aconteceu? Ele foi morto? O cabo, pego de surpresa, não soube negar: "sim, foi assaltado e morto".

Desesperada, sozinha, Sílvia, com toda a pressa, foi ao lugar do assalto. O corpo de Lourenço ainda estava dentro do carro, que havia sido encostado junto ao meio fio, esperando transporte para o Instituto Médico Legal. Quis ver o corpo, o rosto desfigurado do amado companheiro. Um filete de sangue escorrera pela nuca a partir de um orifício pouco acima da orelha. O tiro fora de trás para diante, pois a bala saíra milímetros abaixo do olho esquerdo e estilhaçara o vidro dianteiro. Um tiro só, fatal.

O motorista do carro de trás testemunhara o fato e traumatizado ainda estava no local conversando com os policiais militares que atendiam a ocorrência. Contou que estava parado no semáforo, logo atrás do Corsa de Lourenço, por volta das 11 horas, quando ouviu o barulho de uma moto, com um só ocupante. A moto passou por ele e encostou-se ao carro da frente. O motoqueiro sacou a arma com a qual bateu no vidro do motorista. O Corsa fez um pequeno movimento para frente e logo se ouviu o tiro. A moto, então, tocou a toda. Não dera para gravar a chapa da moto, fora tudo muito rápido, dizia o motorista.

Apenas o corpo fora levado no carro de cadáveres para o IML e o Corsa conduzido para perícia, Sílvia e a tal testemunha, um moço chamado Oscar, que não lhe parecia de todo estranho, seguiram para a 4ª Delegacia de Polícia, na Rua Marques de Paranaguá.

Foi feito o Boletim de Ocorrência. O investigador Pedrão foi de opinião que a vítima surpreendida, provavelmente ao estar fazendo uma ligação do celular, acelerou o carro e provocou o disparo como reação do bandido. Muitos casos ocorriam dessa maneira, matam a vítima no insucesso do roubo. Deram a Sílvia os documentos de Lourenço e o celular. O Oscar, testemunha dos fatos, desdobrou-se em atenções. Deixou o telefone, pondo-se à disposição para qualquer ajuda. Anotou o telefone de Sílvia e prontificou-se a ajudá-la para acelerar a liberação do corpo no IML, onde um irmão médico lá trabalhara.

O mais difícil fora avisar a família do companheiro morto. Já em casa, chamara uma amiga para lhe fazer companhia e, então, telefonou para a irmã de Lourenço que morava com os pais. A mocinha caiu em prantos e imediatamente a mãe veio ao telefone: "O que você fez com o meu filho?"

Se as relações com a sogra, a verdadeira chefe da família, jamais haviam sido boas, a partir deste momento tornaram-se insuportáveis, mesmo diante da dor comum. No IML, diziam que o corpo seria liberado em um dia. Na manhã do segundo dia, disseram que a falta de funcionário para anotar os dados da autópsia importaria em demora, sem se saber quando efetivamente o corpo seria entregue à família.

Diante deste quadro, telefonou ao Oscar, a testemunha presencial, e solicitou sua interferência. O irmão de Oscar, Rafael, médico, meia hora depois informou ter conseguido apressar a lavratura do laudo necroscópico e que ao meio dia o corpo poderia, com o atestado de óbito lavrado, ser transferido para um velório: que procurasse o Sr. Oliveira no IML e falasse em seu nome, Dr. Rafael Marques da Silva.

Sílvia avisou a família de Lourenço, por intermédio, novamente, da irmã. O pai de Lourenço veio ao telefone e marcaram encontro no IML para a uma da tarde. O pai de Lourenço foi distante, mas mais cordato. Só às três da tarde, finalmente, liberaram o corpo. Conseguiu-se que o velório ocorresse no cemitério do Araçá. Tiveram autorização de um tio de Lourenço para que fosse enterrado na tumba da família de sua mulher, neste cemitério.

Enfrentar a burocracia e a família de Lourenço foram tarefas identicamente exaustivas e dolorosas. O pai de Lourenço pediu que no velório se afastasse do caixão, a ser preferencialmente velado por sua mulher e sua filha. Queria, segundo ele, evitar constrangimentos, pois a família pretendia ficar com Lourenço sem a presença ostensiva dela, por isso pedia que ficasse longe, o mais longe possível.

Sílvia, até o caixão descer ao túmulo, deixou-se levar pelos acontecimentos. Amigos fizeram-lhe companhia no velório, no qual se aproximou do caixão para depositar um beijo no rosto intumescido de Lourenço pouco antes do padre se aproximar para fazer as preces finais. A noite no velório fora longa. Nada passara por sua cabeça. Estava absolutamente anestesiada, sem reflexos, apenas murmurava, em baixa voz, como um mantra, agradecimentos aos pêsames manifestados por alguns amigos.

Ao chegar em casa, pôs-se debaixo de longo banho quente e de penhoar sentou-se no sofá da sala, com uma xícara de café bem quente na mão. Olhou pela porta janela ampla da sala, cujo vidro ia do chão até quase o teto. Via-se a copa das árvores do Parque da Aclimação. Percebeu, então, que estava viúva. Viúva de Lourenço, que não mais entraria pela porta chamando-a com o assobio de sempre, que não mais jogaria os sapatos pelo tapete, nem despenteado de manhã lhe traria o café na cama, ainda de pijamas, mas já sorrindo.

Lágrimas correram pelo rosto. As primeiras lágrimas após o choro que tivera ao ver Lourenço morto no banco do automóvel. Só agora notou que não chorara no velório, tensa com o ódio familiar: cada tia, cada prima e mesmo primos de Lourenço, ao invés de consolá-la, olhavam-lhe com raiva, como se fosse a culpada do infortúnio. Não teve sossego para dar vazão ao seu sentimento. Só se indagava a razão de aflorar na dor este sentimento tão ruim a seu respeito. Por quê? Como não percebera o ciúme que gerara naquela família dominadora? Era vista como uma seqüestradora imperdoável? Já ouvira comentários deste jaez.

Terminou o café. Começou a chorar convulsivamente. Deveria voltar no dia seguinte ao trabalho. Era publicitária em uma agência. Os colegas, na sua maioria, haviam ido ao velório. O diretor de arte e o administrativo estiveram quase uma hora ao seu lado. Disseram para não se preocupar com o serviço, pois alguém daria continuidade ao projeto de lançamento de um novo produto de limpeza imediata de manchas de gordura, próprio de estabanados como o Lourenço. De novo o Lourenço aparecia. E iria aparecer a todo o instante.

Poderia ir a Catanduva, cidade do noroeste do Estado de São Paulo, onde nascera e onde residiam seus pais. Mas seria capitular. Preferia enfrentar a dor sem sair do apartamento onde vivera anos felizes com Lourenço. O apartamento estava em seu nome. Lourenço, contador em uma empresa de auditoria, contribuíra com os móveis. De próprio apenas tinha o automóvel no qual falecera e dinheiro aplicado. Ainda teria de fazer o inventário. A família, com certeza, iria incomodar. Lourenço tinha aplicações de cerca de setenta mil reais. Fora dinheiro ganho sozinho, sem ajuda de ninguém. Mas, a família iria querer por a mão, mais para importuná-la do que por necessidade. Quanta chatice pela frente. Depois das cenas no velório e do desprezo por sua dor, não deixaria de reivindicar o que lhe cabia como companheira. Estava decidida e sozinha. Pensamentos variados convulsionavam sua mente.

Decidira: não, não viajaria para Catanduva, como sua mãe insistia. No dia seguinte, sexta-feira, iria é para o trabalho e no final de semana poria ordem na casa, guardaria os pertences de Lourenço, olharia as contas que estavam em seu nome e pediria a amigos dele para aparecerem no sábado. O assunto seria Lourenço, mas era mesmo o que queria, falar sobre Lourenço. Tomou um sonífero e apagou.

No trabalho todos a olhavam com piedade. Estava desatenta, dispersiva, mas um colega a convidou a participar de um *brainstorming* sobre produto de um novo cliente, quando as ideias brotam livremente. Foi excelente para se sintonizar em algo concreto. O constrangimento com os colegas se desfez.

No sábado pela manhã, começou a ver os papéis de Lourenço, todos misturados na escrivaninha do quarto transformado em escritório. Poucos os papéis de trabalho que devolveria à empresa de auditoria. No mais, lembranças de infância, fotos dele pequeno, cartas enviadas por ela, anotações de viagens e extratos bancários. Uma caderneta de endereços e telefones a lembrou do celular de Lourenço, aguçada a curiosidade para saber a quem estaria a telefonar naquela altura da noite. Seria uma outra mulher? Corroeu-se de ciúmes retroativo. Seria? Não é possível!

Verificou no celular o número telefônico que fora dedilhado. Havia apenas sete números, faltava o último. O prefixo 2873 correspondia ao de casa e do bairro. Seria uma vizinha? Mas qual? Nunca desconfiara de nada. Começou por ligar para o primeiro número possível.

– Alô, quem fala?

– Com quem deseja falar? – disse uma voz feminina de meio soprano.

– Com o Lourenço.

– Não há ninguém com este nome.

– Mas, ele me disse que neste número saberiam dar o seu telefone de casa.

– Desculpe, mas o Lourenço que conheço há muito não sei dele. Deve ser engano.

Sílvia ficou nervosa com o telefonema, aquela mulher, com aquela voz, conhecia um Lourenço. Seria ela a quem estava a ligar? O número não constava dos contatos, nem havia tido ligação recente para este número, nem deste número para o celular. Era possível mesmo uma relação antiga a estar sendo refeita?

Nervosa, Sílvia foi buscar um copo d'água, quando teve sua atenção voltada para um adesivo de geladeira, com um telefone em amarelo forte. Era o número: Pizzaria Celeste, a dois quarteirões de casa. Caiu na gargalhada, rindo de si mesma e de felicidade. Seu amor por Lourenço ainda se fez maior, com a certeza de sua fidelidade. Fora tola em desconfiar e logo de um telefonema a uma amante no instante da morte! Graças a Deus não era nada disso.

Não terminara de tomar o copo d'água e o telefone soou. Era a irmã de Lourenço querendo ir lá para pegar os objetos pessoais dele. Sílvia estourou: "escuta você e sua família de merda: nem apareçam em minha casa que as expulsarei, as expulsarei da casa que foi de Lourenço e minha. Até nunca". Bateu o telefone.

No sábado à noite, os amigos mais falaram mal da família de Lourenço do que de Lourenço. Lembranças de uma ou outra cena de viagem. Perguntaram dos planos de Sílvia, que se lembrou, então, de haver comprado um pacote para duas pessoas em Fernando de Noronha a partir de dez de janeiro. Alicia, a amiga mais chegada e solteira, se dispôs a acompanhá-la. Um amigo advogado prontificou-se a tomar as providências de abertura de inventário, proposta imediatamente aceita: o procuraria no decorrer da semana. A noite terminou sem maiores assuntos.

Sílvia iniciou a segunda-feira mais consciente de sua situação de viúva. De agora em diante, iria assimilar a idéia de que estaria só. E desejava ficar só.

A perda abrupta foi sendo aos poucos sentida mais profundamente. Não tinha interesse em falar com ninguém, tal como fazia com Lourenço, sobre os acontecimentos do cotidiano ou acerca do que lhe vinha à mente. Muito menos desejava ouvir os outros. Estava impaciente com as pessoas. Preferia ir almoçar sozinha em uma lanchonete perto do escritório. Esperava todos saírem, sempre se negando a acompanhar os colegas, para usufruir da solidão. Em casa, ficava a ouvir música clássica na Rádio Cultura, lendo romance policial, acompanhada de um copo de vinho. De repente, se via a chorar. O rosto amado de Lourenço surgia à sua frente, como se quisesse lhe falar algo. Esta passou a ser uma rotina: música, leitura, vinho, o rosto de Lourenço e soluços de dor.

As roupas de Lourenço ocupavam metade do armário do quarto. O terno azul marinho, quase nunca usado, despontava no cabide; os sapatos pretos de verniz tomavam meia gaveta da sapateira. Deixou-os lá. Sentia força e segurança ao visualizar as roupas de Lourenço, a manga do paletó a escapar pela porta do armário era um sinal de sua presença e uma referência, um porto seguro, na sua existência solitária. Desfez-se, apenas, das cuecas e meias que deu para a faxineira. O resto permaneceu intocado. Nunca estivera tão ligada a Lourenço como agora. Sua presença era constante em uma ausência cada vez mais sentida.

No Natal, cedeu às instâncias da mãe e foi passar o fim de ano em Catanduva. O aconchego familiar, tios, primos e uma irmã caçula lhe fizeram bem. Mas sentia falta do apartamento, da solidão, da manga do paletó, da presença de Lourenço, cujo rosto em Catanduva não apareceu. Assim, a tristeza terminara por ser mais profunda sem a consolação do rosto de Lourenço em sua aparição tão precisa todas as noites, durante o concerto das oito na Cultura FM. Não chorava, mas sofria um grande aperto no coração.

Desistiu da viagem a Fernando de Noronha, apesar dos apelos da amiga que a acompanharia. Deu as passagens para a irmã menor, que viajou em companhia de uma tia. Não queria se afastar do seu canto, da sua rotina, da sua dor.

O inventário e o confronto com a família de Lourenço foram os únicos fatos a conturbar a rotina que estabelecera. Depois de muita briga foi confirmada como inventariante. Recebeu metade dos valores aplicados e metade do valor da venda do automóvel.

Perto da Páscoa, a mãe insistira para voltar a Catanduva. Preferiu permanecer em São Paulo, sossegada. Na sexta-feira santa, por volta do meio dia atendeu ao telefone: era Oscar, a testemunha presencial. Depois das perguntas normais sobre como estava, convidou Sílvia para um jantar, no dia seguinte, na casa dos pais dele, quando comemorariam o aniversário dele e do irmão médico, do qual era gêmeo. Sílvia resistiu de início, mas lembrou-se da gentileza que recebera quando da morte de Lourenço e se comprometeu a comparecer.

Tinha de comprar dois presentes. Iguais? Preferiu levar dois livros diferentes de literatura brasileira, assim poderiam depois ler e fazer a troca, como bons irmãos. Sua presença era habitual aos sábados de manhã na FNAC da Alameda Santos.

O apartamento dos pais de Oscar era grande sem ser suntuoso. Foi recebida pelos donos da casa, os pais dos gêmeos, com muito carinho. Era aniversário de trinta anos dos "meninos". Ambos ainda eram solteiros, mas cada qual morava sozinho, por isso os pais haviam resolvido fazer, em espaço maior, uma festa conjunta. O ambiente estava alegre, o serviço impecável.

Mas a impressão maior ficou mesmo por conta do irmão gêmeo de Oscar, Rafael, que ajudara a liberar o corpo no IML. Seus olhos eram diferentes dos de Oscar, mais vivos, pretos e grandes. Os dois se pareciam muito, mas se sentira ao conhecer Oscar, quando do acidente, que já vira este rosto, ao ver Rafael passou a ter certeza de um conhecimento anterior. Mas, de onde? Quando? Como?

Pela primeira vez, sentiu-se descontraída, solta em ambiente novo, mas no qual não se percebia estranha. Na verdade, além das festas familiares em Catanduva, não encontrara pessoas, não se relacionara com ninguém. Nesta noite, deixava de ser a antissocial na qual se transformara nos últimos seis meses. Falou-se, então, muito do trabalho de Rafael, que fazia estudos clínicos em uma comunidade quilombola situada perto de Embu. Sílvia manifestou o desejo de conhecer a comunidade e o atendimento médico que Rafael vinha fazendo.

Apenas passara da meia noite e Sílvia, desacostumada de vida noturna, revelava-se cansada. Como viera de táxi, ainda traumatizada pelos eventos de setembro, aceitou a oferta de carona com uma prima dos aniversariantes.

Oscar e Rafael, ao acompanhá-la até a porta, disseram que a procurariam para um novo encontro. Pela primeira vez também, em tantos meses, estando em São Paulo, deixara de visualizar Lourenço e de chorar mansinho. Sabia que fora uma exceção. Tudo voltaria ao normal no domingo de Páscoa, o dia seguinte. E assim foi.

Passados quinze dias, Rafael telefonou convidando-a a assistir, no Centro Cultural São Paulo, perto do apartamento dela, a uma conferência em exposição sobre as comunidades quilombolas, pelas quais manifestara tanto interesse. Aceitou de imediato o convite. Encontrar-se-iam lá, início da noite do dia seguinte.

Pela segunda vez, fugira da misantropia. O tema e a companhia a interessaram. O rosto de Rafael lhe era familiar. Mas de onde? Os olhos continuavam a impressionar, eram carinhosos, e Sílvia imaginava como já seriam tranquilizantes para os doentes. Na exposição, comprou livros sobre os Quilombos e quilombolas. Fizeram um pequeno lanche no próprio Centro Cultural e logo Sílvia quis voltar para casa.

Dez dias depois, Rafael a convidou para ir ao cinema.

– Cinema? Exclamou.

– Por quê? Você não gosta? – indagou Rafael.

– Gosto sim, retrucou Silvia, apenas esquecera de como é. Há tanto tempo não assisto a um filme, Deus meu!

– Pois, então, já é hora.

Jantaram por duas vezes ao longo do mês de junho. Sílvia gostava da companhia de Rafael, admirava seu idealismo, sua força interior.

Ao chegar em casa, sempre se dizia que não passava de uma saudável amizade, que abria um hiato na rotina que se impusera, mas que continuava com a mesma saudade de Lourenço. A manga do terno escapando pelo armário ainda a comovia do mesmo modo. As fotos de Lourenço no criado mudo e na sala lhe enchiam o coração de dor. Não se curaria tão facilmente da sina que o destino lhe aprontara.

Em meados de julho, Rafael a convidou para ir a Embu das Artes para assistir a uma cerimônia na comunidade quilombola. Foi emocionante. Comovente foi também presenciar a devoção que aquela população tinha por Rafael. Na porta do apartamento, Rafael a puxou pelo braço e a beijou. Sílvia ficou estática, mas não deixou de corresponder. Em seguida, saiu do carro apressadamente, sem sequer se despedir.

Entrou em casa ainda sentindo o gosto do beijo de Rafael. Viu no olhar do retrato de Lourenço na sala uma censura que a envergonhou. Pegou um copo de vinho e sentou-se no sofá com a cabeça a girar. O que estava acontecendo? Quem era Rafael? O que lhe lembrava aquele rosto? Como o destino era cruel. Só conhecera Rafael porque

Lourenço morrera na Avenida Paulista e o irmão testemunhara a morte.

Não podia, contudo, mais negar a si mesma que estava interessada emocionalmente em Rafael. Não seria possível negar. Mas, Lourenço ainda ocupava sua mente. Como conviver com este jogo de sentimentos. A morte de um ser amado a jogara agora nos braços de outro.

Rafael ligou passados cinco dias, sem fazer qualquer comentário sobre o ocorrido entre ambos. Apenas a convidou para no início de agosto ir novamente a Embu das Artes, em nova e mais importante cerimônia, acrescentando que todos lá haviam gostado muito dela.

Na volta de Embu das Artes, Rafael entrou sem lhe perguntar nada em um motel da beira da estrada. Silvia apenas disse que ele poderia ter perguntado se ela desejava ir. Ele perguntou. Sílvia anuiu.

Foi constrangido este primeiro encontro amoroso. Sílvia estava envergonhada, agia como uma principiante. Gostou da pele de Rafael, do seu cheiro, do seu calor. Mas, a cabeça estava confusa. Quis ir logo embora.

Já em casa, na cama, caiu em prantos. Lourenço olhava contristado, na foto do criado-mudo. Jurou, então, que jamais iria ver de novo Rafael. Para começo de conversa, passaria uns dias em Catanduva.

Sem avisar Rafael, partiu para a casa dos pais. Levou uns CDs de música clássica, o pequeno aparelho de som do escritorinho de casa, livros e fotos de Lourenço. Em Catanduva, durante os cinco primeiros dias em que lá esteve, à noite recolhia-se ao seu quarto, ouvia música, lia e pensava. Voltou a sentir a presença carinhosa de Lourenço.

Uma noite sonhou o sonho que se reiterara na adolescência: passeava pela praça da cidade de mão dada com o namorado, ambos sorrindo e saudando as pessoas sentadas. Mas a cara do namorado era a do Rafael!!! Acordou sobressaltada. Era daí que o conhecia: de seus sonhos de juventude. A partir deste dia, acordada, ao som de Beethoven, Dvorak, Stravinsky, surgia à sua mente não mais o rosto de Lourenço, mas o rosto de Rafael.

Começou a fazer caminhadas longas pelas redondezas da cidade, entrando pela zona rural. Estava em desespero. Não podia conceber que encontrara a pessoa sonhada na meninice por conta da morte trágica do companheiro amado. Não poderia se valer da morte de Lourenço como fonte de uma relação amorosa. Afinal, viera a conhecer Rafael apenas para que o corpo do companheiro assassinado lhe fosse entregue. Não seria certo. Só conhecera Rafael porque precisou dele para liberar o corpo de Lourenço do IML.

Na última noite em Catanduva, contrariou a mãe que se mostrava preocupada com seu estado de espírito, e saiu sozinha a caminhar. Ao ver um casal aos beijos no muro do velho colégio onde estudara, sentiu um arrepio a lhe percorrer o corpo, uma sensação forte, quente, calorosa. Intuiu no instante que teria um filho com Rafael. Filho que não tivera com Lourenço, filho que iria ter com Rafael.

Era domingo, 13 de setembro. Da rodoviária telefonou para Rafael. Convidou-o para jantar em casa dentro de dois dias, uma terça-feira, dia 15 de setembro. Retornou ao trabalho na segunda, encontrou a mesa cheia de papéis e de obrigações a desempenhar. Ainda arranjou tempo, na terça, para ir ao Supermercado Santa Luzia, não distante do escritório, e comprar comidinhas e um salmão defumado maravilhoso para a salada de entrada e uma peça de filé mignon especial. Os vinhos estavam caros, mas valia a pena.

Estava certa agora de que o destino ligara as pontas: a morte de Lourenço ao nascimento do filho que iria conceber naquela noite, na mesma noite de 15 de setembro, ao amar como amaria com todas suas forças a Rafael, o seu sonho de meninice.

Ao arrumar a cama, na manhã seguinte àquela extraordinária noite de amor, o quarto ainda recendia a sexo e a aconchego, ao desvario que tomara conta dela e de Rafael. Tinha certeza de que engravidara.

Viu a manga do paletó que continuava a escapar pelo armário. Com calma e muita tranquilidade, firmou a convicção de levar naquela mesma manhã as roupas de Lourenço embora. Já haviam cumprido sua tarefa, tinham lhe dado muita força quando precisara. Agora, a casa teria outro astral. E logo o pensamento divagou: o cômodo do escritório daria bem para ser o quarto do bebê?

O ANEL DE RUBI

O clima de outono exigia recorrer a um casaco leve de lã, mesmo no meio da tarde, lá pelas quatro horas. Crianças brincavam em frente ao bar, cujas mesas se expandiam em parte da larga calçada. As mães conversavam animadamente, encostadas em suas bicicletas, enquanto os filhos corriam levando um cachorro da raça beagle que por vezes se enroscava nas pernas das cadeiras. De nada adiantava as reprimendas lançadas às crianças.

Chegava ao bar, em meio a esta alegre e pequena agitação, um homem com cerca de cinquenta anos, com passo trôpego e o casaco trazendo uma mancha amarela de gordura. Ao descobrir a garçonete, assinalou com a cabeça e a mão para que lhe trouxesse a bebida habitual. A moça logo levou-lhe um copo médio de chopp. O movimento das crianças e da rua poderiam ser objeto da sua atenção, mas o seu estado absolutamente impassível mostrava nada registrar, o olhar vazio, o rosto sem qualquer reação. Vez ou outra batia os dedos, de unhas sujas, na tampa da mesa, mas na maior parte do tempo, estava absolutamente estático, ausente.

Percebia-se que seu pensamento divagava, voltava-se ao passado que dominava o presente de forma contundente. O amargor era visível naquela face desolada. Percebia-se pelo anel de rubi, no dedo anular da mão direita, que era bacharel em direito.

A triste figura do bacharel chamou a atenção de um casal, instalado em mesa do outro canto da calçada ocupada pelo bar. A mulher, jovem advogada, intrigada, indagou do companheiro, frequentador assíduo do bar, se conhecia o cavalheiro imóvel, que apenas sorvia lentamente o chopp colocado à sua frente.

– Você conhece aquela figura? Perguntou a mulher.

– Sim. Um modesto, mas combativo advogado.

– Qual a história dele?

– Pelo que me lembro, há diversos infaustos acontecimentos na sua vida, pessoais e profissionais.

– É viúvo? Tem jeito de viúvo.

– Pior, a mulher é viva e muito viva.

– O que se passou?

– Vou satisfazer a sua curiosidade, disse o companheiro da jovem advogada. É uma história triste a desse homem triste, que todas as tardes vem na mesma hora, faça sol ou chuva, tomar seu chopp e permanecer estático durante uma hora ou mais, sempre em mesa daquele lado do bar. Mas, antes, vamos solicitar uma meia garrafa de vinho branco.

– Mas, conta logo, não precisa esperar a garçonete chegar.

– Calma, devo ver bem por onde começar.

O vinho branco estava pouco gelado. Pediram à atendente loirinha para trazer um balde de gelo e servir apenas uma pequena quantidade, à espera de que o vinho gelasse mais.

Conheci Cavallo, Carlo Cavallo, como meu adversário em uma causa em que se discutia o pagamento de multa contratual. Foi muito correto e dedicado à defesa do interesse do cliente, atuando com as boas armas de que dispunha. Apesar de estarmos de lados contrários, nos demos bem. E não havia motivo para ser diferente. Mas acontece que simpatizei mesmo com ele, que constava ser parente do ministro da fazenda neoliberal da Argentina, Domingo Cavallo. Carlo sempre negou o parentesco que seu pai confirmava. Ele dizia: "do amigo Cavallo mas não se deve ver os parentes".

– Ele já era o amargurado de hoje?

– Não. À espera de uma audiência conversamos. Já lá vão mais de quinze anos. Disse-me que tinha escritório em uma pequena casa geminada perto centro, no Bexiga, onde aliás vivera na infância, em uma casa maior que fora de seus avós italianos. Formara-se estudando à noite, na faculdade de São Bernardo, pois trabalhava perto, em uma grande fábrica de cadeados. Acho que a Papaiz. Descobrimos, então, termos um amigo em comum, o Alencar, que estudou também em São Bernardo e que fora sócio dele antes de vir ser advogado da Ford.

– Como era o Cavallo fisicamente?

– Não só mais moço, lógico, mas de feição alegre, com energia própria de um advogado combativo que gostava da profissão.

– Ele contou algo mais?

– Não. Há pouco mais de um ano o reencontrei, mas já aqui neste bar, com este mesmo jeitão arrasado. Nem me cumprimentou. Este olhar neutro, indiferente já se instalara. Quando o vejo, para não incomodar, também faço de conta que o desconheço. Mas fiquei intrigado e telefonei ao Alencar para comentar sobre o amigo Cavallo. Soube, então, do drama do nosso colega.

O vinho branco já estava um pouquinho mais gelado. Deu para sorver outro pequeno gole. O advogado, no outro canto, pediu mais um copo de chopp, apenas fazendo gesto com a mão, sem nada falar.

– O que houve com ele, então, insistiu a advogada?

– Pelo que me contou o Alencar, Cavallo sentia-se o homem mais feliz do mundo. Casara-se com uma mulher mais moça com a qual dividia interesses por música clássica e ópera. O Cavallo sempre tocou piano muito bem, e tinha uma coleção de discos ainda de vinil e depois fitas das grandes óperas. A esposa, Isabel, estudara um pouco de canto, mas não era instrumentista. Cavallo não tinha filhos, mas praticamente adotara a filha de um amigo cuja esposa falecera em desastre aéreo. O pai abandonara a criança, que buscava aconchego com o casal Cavallo. A menina chama-se Glória, e Cavallo se encantou com ela. Na vida profissional, a advocacia de partido de pequenas empresas garantia uma boa renda sem muitas atribulações.

– E a mulher dava-se bem com Glória?

– Você tocou em um ponto. Quando passaram a conviver mais com a menina que tinha 7 anos, a mulher de Cavallo, Isabel, gostava muito de Glória. Viviam brincando como duas crianças. Isabel tinha 27 anos e tentava sem sucesso engravidar. Glória, orfã de mãe, via-se cada vez mais abandonada pelo pai e refugiava-se sempre na casa do tio Cavallo.

Isabel e Glória tinham um ponto em comum: gostavam de campo, de jardinagem e de animais. Cavallo resolveu, então, comprar uma casa de campo em Serra Negra, exatamente no dia do aniversário de 30 anos de Isabel. Ele e a mulher, em companhia de Glória, passaram a se dedicar à formação do jardim. Não tinham cachorro, como desejava muito Glória, porque não havia quem pudesse tratar do animal durante a semana. O jardim, malgrado as leituras de livros de jardinagem e as indicações de um dono de chácara que fornecia mudas e plantas, no entanto, não progredia como imaginavam.

Passados dois anos decidiram contratar como empregado fixo um jardineiro jovem, com cara de camponês basco, que viesse com conhecimento fazer vir à frente o jardim e cuidar de um cachorro. Tudo parecia ir às mil maravilhas, mas as aparências enganavam. Isabel continuava a desejar engravidar. Disse-me Alencar que o casal, a partir de então, vivia indo a clínicas tentar inseminação artificial, mas sem resultado, e Isabel com trinta e três anos começava a mostrar-se agressiva por conta da impossibilidade da gravidez.

– E esta agressividade voltava-se também contra Glória?

– Sim. Alencar presenciou na casa de Serra Negra, em um domingo, uma cena chocante.

Isabel passara a beber e, meio alta no final da tarde, disse: "O Cavallo é mais um rufião que um garanhão. Fica cheio de dengos com a filha de outro, mas fazer um filho que é bom não sabe fazer".

Cavallo, sem graça, pediu desculpas pela mulher. Glória saíra para brincar com o cachorro e não presenciara a agressão, mas via-se, segundo Alencar, por sua atitude durante o dia que estava meio perturbada. Com certeza as agressões vinham se dando também na sua frente.

A meia garrafa de vinho era pequena para a história que estava a se desenrolar. Pediram outra. Cavallo, na outra ponta, terminava seu copo de chopp, sempre com o ar neutro, ausente.

– Ele separou-se da mulher? Perguntou a advogada.

– Não, não nessa hora. Ele gostava de Isabel. Tentou segurar o casamento. Concordou que Isabel ficasse mais dias durante a semana em Serra Negra, como forma de fazê-la se interessar pelo jardim, esperando que a distância entre eles reduziria o ânimo agressivo. Foi um erro. Sozinha, apenas com uma empregada diarista e o jardineiro, Isabel se envolveu cada vez mais no hábito da bebida. Tentou, então, convencê-la a frequentar, na cidade, um grupo dos Alcoólicos Anônimos. Em

Serra Negra seria mais discreto, as pessoas eram mais gentis. Seria mais fácil em Serra Negra entrar para o grupo da AAA, mas houve resistências. Isabel, ao se falar para parar de beber, ficava enfurecida. Alencar, em um sábado no qual fora almoçar na casa de campo, já depois do almoço, ouviu Cavallo pedir a Isabel que não bebesse mais naquela tarde. Isabel já grogue reagiu: "se o que você quer é tirar a minha bebida, então toma": arremessou o licor no peito de Cavallo.

O jardineiro que sempre olhava sequiosamente para Glória, agora com dezessete anos, passou a ser companheiro constante de Isabel nas lidas no jardim.

– Ela se tornou amante do jardineiro?

– Calma. Foi mais complicado. O jardineiro poderia a qualquer tempo entrar na cama da sua patroa. Era fácil, ainda mais se estivesse bêbada. Pelo que se soube, depois o jardineiro negou. Se fez de difícil. Queria outra coisa.

– O que ele queria?

Cavallo, na mesa do outro lado, ia em meio ao segundo copo de chopp. Continuava com o olhar parado. Batia os dedos na mesa de vez em quando.

– Queria a mocinha, a Glória. Em um sábado no qual Cavallo teve de vir a São Paulo para atender um cliente urgentemente, Glória percebeu que Isabel a deixara só, tendo saído a pé, sem a avisar. A diarista também já fora embora, pois o almoço havia sido mais simples com a correria da saída de Cavallo. O jardineiro apareceu no quarto de Glória, que saía do banho, e passou, com força, a agarrá-la. Terminou por a violentar, estuprando-a. Isabel não aparecia. Foram minutos que duraram horas para a menina de dezessete anos. Glória esperou que Isabel chegasse, mas nada dela. Telefonou para Cavallo, cujo celular estava desligado. Vestiu-se e foi às pressas à casa de um médico conhecido que a acolheu. Glória não queria comunicar o fato à polícia e telefonava seguidamente para Cavallo que só atendeu o celular já estando a caminho de Serra Negra.

– E a Isabel?

– Pois é, estava cobrando a fatura.

– O que quer dizer isso?

– Deixara Glória só, em combinação com o jardineiro, para que este abusasse de Glória, como preço pago para que ele depois tivesse, enfim, relações com ela. Foi isso que se descobriu nas palavras do próprio jardineiro.

– Como se descobriu isso?

– Cavallo em vez de ir à casa do médico, que prometera dar toda a assistência a Glória, resolveu passar antes em sua casa e encontrou Isabel nua no quartinho de ferramentas com o jardineiro por cima. Aos gritos indagou ao jardineiro o que fizera com Glória. A resposta foi simples: fiz o que combinei com Dona Isabel. Depois o jardineiro comentou com conhecidos que teve de comer a coroa porque facilitou que comesse a sobrinha.

Não adiantaram afeto e interesses comuns para garantir a felicidade do casal Cavallo. Isabel destruíra tudo na sua ânsia de uma maternidade impossível. Precisava se ver desejada e imaginadamente fecundada por um homem rude, de mãos calejadas e sujas de terra. Permitira que a violência recaísse sobre a filha de outro, receptora do carinho do marido, que não a engravidava, dando-lhe o filho tão almejado. Sentia-se dotada de poder, de um poder maligno, mas altamente satisfatório com a trama que urdira.

Cavallo queria que Glória fosse à polícia. O médico deu antibióticos como prevenção de doenças venéreas bem como remédios contra Aids. Não tinha meios de obter a pílula do dia seguinte, mas contava que não houvesse o azar de uma gravidez. Cavallo, me disse Alencar, chegou a procurá-lo para que atuasse como advogado no campo criminal contra o jardineiro e contra Isabel, admitindo trazer a público toda a sordidez da esposa. Mas, Glória se opôs, e por fim Cavallo concordou em respeitar a sua posição. Não deixaria, jamais, de atender ao desejo e às ponderações de Glória.

Cavallo no outro canto, com os dois indicadores distantes uns dez centímetros, buscou a garçonete que entendeu seu gesto, trazendo-lhe uma garrafa de água mineral. As crianças ainda brincavam em frente ao bar e as mães prolongavam a conversa, ainda debruçadas sobre as bicicletas.

– Não me diga que a moça ficou grávida, disse a advogada.

– Pois, você acertou. Ficou. E resolveu com maturidade imensa que não faria um aborto, desde que fosse possível uma adoção imediata, logo ao nascer, mesmo porque não desejava sequer ver o bebê cuja vida assegurava, mas cuja existência pretendia ignorar. A criança lhe lembraria os horríveis momentos que vivera e a face desvairada do estuprador.

Glória comunicou ao pai sempre ausente a sua gravidez e as circunstâncias terríveis por ela vividas. O pai exigia o aborto, do qual só desistiu por insistência de Cavallo, que lutou para se respeitar a opção de Glória, a sua escolha por não concordar em se desfazer do embrião e dar seguimento à sua vida, sem querer, contudo, sequer olhar o fruto da violência sofrida.

– E a Isabel?

– Cavallo separou-se da mulher, deixando-lhe a casa de Serra Negra. Lá ela ficou bebendo e transando, vez ou outra, com o jardineiro, sendo malquista pelos vizinhos. Mas, não descansava até se inteirar de tudo que ocorria com Cavallo e com Glória.

– Glória quis dar à luz em Serra Negra, pelas mãos do médico amigo que a acudira no momento trágico do estupro. Por intermédio do médico, Cavallo soube de um casal que se prontificava a ficar com o bebê, mas tanto o marido como a mulher queriam tê-lo sem burocracia, com certidão de nascimento em que constassem como pais. Cavallo assumiu a responsabilidade de ajeitar as coisas neste sentido com um cartorário amigo de Serra Negra, que se tomou de compaixão pelo caso e de admiração por Glória.

– Então, aqui termina o drama? Disse a advogada.

– Termina coisa nenhuma.

– Mas o que falta acontecer?

A advogada olhava com ternura o homem triste de olhar neutro e vazio do outro lado do bar, que batia os dedos no tampo da mesa sorvendo o seu copo de água mineral. A algazarra das crianças contrastava com o imenso silêncio daquela alma solitária.

– Aconteceu o pior. Houve a adoção com certidão de nascimento falsa em nome do jovem casal de classe média de Serra Negra: a chamada "adoção à brasileira". Cavallo em agradecimento deu ao escrivão uma caixa de vinho francês.

– Então, resolveu-se a questão, exclamou a advogada.

– Não, como disse, veio o pior, pois, como em cidade pequena tudo se sabe, Isabel soube da data do parto, do destino do bebê e, até mesmo, da caixa de Borgonha. Tinha ódio de Glória, o objeto de desejo do jardineiro, sem o qual não teria sido possuída por aquele homem rude. E ainda por cima, engravidara! Sofria, além de tudo, o desprezo da comunidade, reprovada por todos que a olhavam com censura. Vingou-se. Em denúncia anônima, comunicou ao Ministério Público de Serra Negra e à Ordem dos Advogados em São Paulo a corrupção, por uma caixa de vinho, para se obter a certidão falsa de nascimento.

– E Cavallo foi processado?

– Sim. Alencar defendeu Cavallo no processo por corrupção ativa em vista da promessa e entrega de vantagem a funcionário que praticou uma falsidade ideológica em certidão de assento civil. Foi condenado pelo crime de corrupção ativa e o escrivão pelo crime de corrupção passiva, agravada pela efetivação do falso. Sofreu uma pena de três anos de reclusão, convertida em serviço à comunidade que, com certeza, ainda esteja a cumprir.

– Agora se compreende bem o desespero estampado nesse rosto. E a Ordem dos Advgados?

– Bem, como tragédia pouca é bobagem, terminou suspenso por doze meses do exercício da advocacia pela Ordem dos Advogados em face da condenação, em decisão injusta, é claro, pois foi considerado ter praticado crime infamante, crime de corrupção ativa. Conselheiros da Ordem ainda diziam que haviam sido magnânimos em não excluí-lo da Ordem. Sentiu a injustiça na carne.

– Na alma, disse a advogada.

Nesse instante, a algazarra das crianças aumentou e se viu uma menina de dez anos desferir um tapa no irmão de sete, que veio ao chão derrubando a bicicleta em que se apoiava a mãe. O menino levantava-se quando a menina berrou e a mãe já enfurecida com o baque na bicicleta desferiu outro tapa no garoto gritando para que respeitasse a irmã e parasse de a agredir.

Só neste instante o senhor de feição triste procurou dizer algo. Teve força para sair de seu ensimesmamento em busca da justiça. Ainda teve um lampejo de ação em favor do menino agredido e injustamente castigado. Apenas começou a falar, a mãe voltou-se agressiva, e disse: "não se meta onde não foi chamado. Eu sei bem o que faço com meus filhos, os conheço e sei quem está errado ou certo. Deixe esse anel para mostrar no tribunal".

Cavallo, atônito, sentiu de novo a injustiça, agora no cotidiano mais prosaico, na vida habitual das donas de casa e das crianças. Recaiu sobre ele o peso da pretensa justiça ditada de forma injusta, com base seja no pré-juízo seja na fria letra da lei.

Para surpresa do casal, que acompanhava com todo o interesse a cena, Cavallo, com o semblante dolorido de quem não se conforma com a injustiça mas a vê sempre triunfar, tirou o anel de rubi do dedo e o jogou no copo de água. Retirou-se ainda mais trôpego. O anel que simbolizaria a justiça não iria mais compor a sua mão nem no tribunal nem no bar.

ENCONTRO CASUAL

Era verão, meados de fevereiro. O calor esparramava-se por toda a sala. Alamiro não se sentia bem em lugar algum: no sofá, na poltrona, no banco de madeira. Da janela aberta não entrava uma brisa sequer. Tinha compromisso com dois amigos no final da tarde em uma livraria, onde o ar condicionado era forte o suficiente para conversar, mesmo ficando em pé frente às estantes.

Apesar de amigos havia muito tempo, desde o primeiro ano colegial, entendiam neste instante que era melhor fazer de conta ser um encontro casual, cada qual chegando sozinho, comemorando-se, então, a coincidência de se acharem ao mesmo tempo comprando livros, sendo todos sabidamente leitores compulsivos.

Haviam os três cursado o colegial na mesma classe do Colégio Europa. Estavam agora no último ano da faculdade. Alamiro estudava arquitetura na FAO; Cido geologia e Lúcio odontologia, todos na Universidade de São Paulo.

No colegial, com facilidade enfrentavam as disciplinas de ciências exatas, enquanto os colegas passavam sofrivelmente em Física, Química, Matemática e Biologia. Mas, malgrado vocacionados para profissões ligadas às ciências exatas, arquitetura, geologia, odontologia, os três tinham paixão pelos estudos de história e de arqueologia, o passatempo predileto.

Todavia, as exigências acadêmicas os afastaram. Cada qual seguiu seu caminho. Reencontraram-se em almoço que o Colégio Europa patrocinou, ao qual compareceram a contragosto, em um sábado de novembro de 2.019, na comemoração dos cinquenta anos de existência da instituição de ensino. Foi como se não tivessem se separado há quatro anos, desde o início do primeiro ano letivo da faculdade. Mas, haviam mudado. Tinham vivido percalços, desafios e aventuras.

Combinaram encontrar-se no começo de dezembro para colocar em dia os acontecimentos, cada um sequioso de dividir suas experiências com os demais, curiosos para saber o que de comum ainda os unia, se é que unia. As aulas findavam em 10 de dezembro e poderiam almoçar logo no dia 11, gastando a tarde em conversalhada.

O começo do almoço, em bar e restaurante avarandado da avenida Juscelino Kubistcheck, foi de certo constrangimento: falaram de futebol e de ganho de peso, pois todos tinham engordado um pouco.

Mas, Alamiro propôs o prato principal: vocês são felizes, estão felizes? O que de bom ou ruim aconteceu de mais importante ao longo destes anos?

Cido reclamou: parece DR, como falar da relação. Mas, acho que é uma boa pergunta e logo abre as portas para a verdade íntima. É invasiva a proposta, porém é para isso que estamos aqui. Posso começar a falar, se tiverem paciência.

Então fala, disseram ao mesmo tempo Alamiro e Lúcio.

Cido

Como sabem fui estudar Geologia meio forçado por meu pai, dono de uma empresa de prospecção de petróleo. Não é que não me interesse o curso. Pelo contrário, há matérias de grande indagação. A análise da composição da terra e de sua formação ao longo do tempo é sempre curiosa, mas nos dois primeiros anos o estudo centrava-se em aprofundar as matérias de química, matemática, física e biologia.

Só com a pesquisa de campo, no terceiro ano, o curso tornou-se muito interessante. De início me isolei do mundo, pois eram muitas as exigências especialmente em química e física. Mas, a partir do terceiro ano comecei com entusiasmo a me dedicar à estratigrafia, que analisa as camadas de rochas, para definir os processos e eventos que as formaram, focalizando a sobreposição destes estratos.

Tinha uma colega de classe igualmente fascinada pela busca de identificação das camadas. Conseguimos ser designados para juntos realizarmos uma pesquisa de campo na região de Sorocaba, mais propriamente em Araçoiaba da Serra, com o objetivo de examinar também se o solo fora e ainda é propício ao cultivo de café.

Ficaríamos hospedados no final de semana em pousadinha da cidade, com poucos quartos e muito simples. Exaustos, depois de jantar no restaurante na praça da igreja, nos recolhemos para dormir. Não se passaram dez minutos quando Júlia bateu em minha porta, pedindo para entrar, estava sem sono.

Nem bem fechei a porta, Júlia me envolveu em seus braços e buscou me acariciar por inteiro. Fui tirando a roupa de Júlia e ela a minha. Nos lançamos na cama. O contato da pele era delicioso, mas o meu medo se tornou realidade: brochei. Conseguira antes, desde adolescente, me masturbar com dificuldade, por não ter ereção e temia suceder o mesmo com Julia.

Como sabem gosto de velejar e meu pai me deu um bom veleiro. Minha experiência sexual anterior com garotas de programa e duas vezes no veleiro com moças do clube de campo de São Paulo tinha sido um fracasso. Mas, o pior era a brochada com colega de classe pela qual tinha carinho e era bonita pra valer.

Depois de uma hora de frustradas tentativas, até com sexo oral, Júlia desistiu. Com cara decepcionada, perguntou se não sentia atração por ela. Se não gostava da pele e do cheiro dela. Confessei, então, minha fraqueza que não se superava nem com toda a gostosura do seu corpo. Era deficiência minha, me desculpava constrangido, envergonhado. Julia vestiu-se rapidamente e voltou para o quarto dela.

Na manhã seguinte fizemos de conta que nada acontecera. Continuamos a pesquisa de campo e a análise mineral da terra, mas o encantamento que nos unia se fôra.

Senti que as colegas de faculdade, do meu ano e também dos demais, me olhavam diferente. Não sei se era impressão minha ou reação fruto do relato do fracasso por Júlia, muito sociável e popular na escola. Nas redes sociais, nada surgira. Mas a boca pequena era bem possível. Senti raiva de mim mesmo e de todas as mulheres, incluindo Júlia.

A busca e apreensão pela polícia federal em minha casa bem cedo às 6 horas, em fins de julho, veio a se dar exatamente após a noite em que passara até às duas da madrugada no apartamento de Gil, por quem me apaixonara e com quem tinha tido a mais fabulosa ereção.

A empresa de meu pai estava sendo investigada pela operação Lava Jato, por sobrepreço em trabalhos de prospecção contratados com a Petrobras. Meu pai foi preso temporariamente. Nos noticiários lá estava a fotografia de meu pai entrando escoltado na polícia federal. Nem esta cena tirou a sensação de liberdade e de felicidade que o encontro com Gil, na noite passada, me proporcionara. Saí do armário, como se diz, muito alegre e com muita energia. Tinha coragem de enfrentar meu pai, ainda mais estando ele envolvido nesta porcaria da corrupção com dinheiro público.

Conheci Gil como motorista de Uber. Pedi um carro pelo aplicativo para ir ao lançamento de livro no shopping Higienópolis. Quando chegou o Honda branco, chapa FAF 8520, tive a intuição de me sentar no banco da frente. Logo entabulei conversa com esse rapaz loiro de bigodes castanhos e cabelo meio revolto. Gil era técnico de TI, com cursos até no exterior. Desempregado, resolvera usar o carro para sobreviver.

Gil parou o carro bem antes da feérica entrada do Shopping. Ficamos a conversar até que inconscientemente pus a mão na coxa do motorista que a entrelaçou. Fiquei constrangido e me despedi com um beijo no rosto, correndo para o lançamento do livro, enquanto minha cabeça estava virando a 5 mil giros.

"E aí? Como continuou essa história?", perguntou Alamiro.

É uma história mesmo, disse Cido. Teve continuação. Passados três dias, recebo no celular uma ligação e logo reconheci a voz de Gil.

Disse ele: não precisa de condução para ir a algum lugar? É o seu motorista Gil. Posso apanhá-lo em casa. A que horas?

Fiquei tenso. Pedi para ser no dia seguinte, às 20 horas. Fomos a um bar em uma travessa da rua Augusta. Foi um namoro de olhos nos olhos. Fomos para o pequeno apartamento de Gil na Frei Caneca, era a noite do dia 15 de julho do ano passado, uma quinta-feira, nunca me esqueço. Na sexta, pela manhã meu pai foi preso e amanheci com a polícia federal abrindo gavetas e olhando debaixo das camas.

A ida de meu pai escoltado à Federal aprisionava o passado; o apartamento da Frei Caneca com Gil libertava o futuro.

E hoje como estão vocês? Perguntou Lúcio.

Pois é! Exclamou Cido. "La donna e l'uomo sono mobili".

Pode soar estranho, porém, foram meses de grande felicidade. Com meu pai preso na Polícia Federal, tive de ajudar na empresa cujos compromissos financeiros começaram a ficar difíceis. O contrato com a Petrobras fora cancelado. Mas em compensação, passava as noites na Frei Caneca. Nos estudos passei a ser um estudante sofrível, sem tempo para estudar, dividido entre a empresa e o desvario com Gil. Mas, desculpem a sinceridade, estava feliz e adorava ficar em casa, de soutien e calcinha arrumando a cozinha, preparando comidinhas.

Meu pai ficou alguns meses preso e, ao sair com tornozeleira, podia apenas ir de casa à empresa e voltar para casa durante a semana, ficando em domiciliar nos finais de semana. A situação financeira complicava-se e passei a ter restrições econômicas. Gastava minhas reservas, constantes de fundo que meu pai instituíra em meu favor anos atrás. Fazia as compras para o nosso apartamento, o de Gil, e financiava as nossas viagens de fim de semana, especialmente para o litoral norte para onde enviara o veleiro. Mas a fonte se esgotava: a firma pediu Recuperação Judicial, as minhas aplicações estavam se reduzindo.

Em julho, aniversário de um ano de namoro, quando disse que nas férias da faculdade não poderíamos viajar à Espanha e à Maiorca, como havíamos planejado, pois o dinheiro estava ficando escasso, Gil passou a me tratar com crescente indiferença. Meus pais souberam de minha ligação amorosa e me recriminavam, dificultando ainda mais a relação com Gil.

Em agosto passado, cheguei ao apartamento no final de uma sexta-feira para passar o fim de semana e Gil trocara a fechadura. Recebi um WhatsApp comunicando que deixaria em minha casa a mala com meus pertences, pois estava indo aos Estados Unidos com um amigo.

Hoje, revivo com amargor a experiência amorosa, e mal suporto a convivência com meus pais, sofrendo a dificuldade de assumir inteiramente minha condição homossexual. Não vejo a hora de poder sair do Brasil, ainda por cima nestes tempos obscuros de Bolsonaro.

Eu também só penso em sair do Brasil, disse Lúcio.

Mas, qual foi sua sina? Indagou Alamiro.

Lúcio

Começo, disse Lúcio, por lembrar que minha vida foi ditada pelas minhas costas. Vocês se recordam de como, ainda no Europa, reclamava de dores musculares, especialmente na coluna. Fiz os mais diversos tratamentos, alongamentos, pilates e uma remediada sem conta de relaxantes musculares. Se melhorava uma semana, na seguinte as dores voltavam.

Segui odontologia por influência de meu pai, dentista, mais especificamente ortodontista. Minha preocupação em ser dentista sempre foi a de ficar em pé diante do paciente na cadeira. Mas, acabei gostando do curso e fui e ainda sou um aluno nota dez.

Nas férias entre o segundo e o terceiro ano, consegui que fosse considerado estágio a permanência no consultório de meu pai. Foi com o calor de dois anos atrás que empertigado, todo de branco, comecei a ajudar no preparo dos pacientes, sempre com a orientação da assistente de meu pai, a Cynira, mulher insinuante e de mãos de coçar saco, sabe como é, dedos finos, unhas bem feitas, ovaladas, com esmalte vermelho, pele macia.

Cynira me disse que também tinha fortes dores musculares e passara a injetar pequenas doses de lidocaína, um anestésico usado na clínica, mas que tinha um efeito maravilhoso. Ela mesma me aplicou, escondido de meu pai, a primeira dose de muitas que passamos a tomar.

Era evidente que meu pai se encantava com Cynira. Eu estava sem dúvida encantado. Em um dia no qual meu pai viajara para fazer palestra a estudantes da faculdade de Viçosa, ficamos a arrumar o consultório. Depois de tomarmos uma injeção de lidocaína, que sempre me apaziguava a dor e dava uma sensação de harmonia com o mundo, acabamos nos beijando e tivemos, na cadeira de dentista, a nossa primeira trepada. Maravilhosa, diga-se.

Entre Cynira e lidocaína, a vida virou uma alucinação. Estava apaixonado e viciado.

Meu pai, que já desconfiara de alguma coisa entre mim e Cynira, passou a ter certeza: chegou a me espionar em fim de tarde, depois do expediente, para, sorrateiramente, investigar se saíra com Cynira. Terminadas as férias e o meu estágio, disse que era melhor não vir durante as aulas ao consultório, pois só iria bagunçar os trabalhos.

Poucos dias depois, cheguei em casa vindo da faculdade, e meu pai, carrancudo, com papéis na mão, foi logo agressivamente perguntando que fim dera a parcela de lidocaína do consultório. E ainda por cima, completou a acusação trazendo como prova o fato de Cynira reconhecer ter um dia visto eu me aplicando uma dose. Assumi a culpa, com a escusa verdadeira de ter usado algumas doses contra minhas dores musculares. Nada contei do nosso conluio, meu e de Cynira, no consumo conjunto da lidocaína.

Preferi sair de imediato de casa. Liguei para o celular de Cynira que estava aos prantos. Fui para o apartamento dela. Entre desculpas por me haver denunciado a meu pai, chorava, dizendo ter sido assediada por ele, que tentou beija-la várias vezes, passando a mão em suas coxas. Reagira e o velho disse que não mais o faria, mas exigia que não mais me visse.

Cynira continuou no consultório dando a entender que não mais me vira. Meu pai, por sua vez, visivelmente estava apaixonado por ela, de modo a tal ser percebido pelos clientes, conforme me relatava Cynira. Sempre procurava pegar em sua mão quando colhia instrumentos durante procedimentos. Encostava nela e muitas vezes os pacientes até olhavam matreiramente para Cynira, denunciando suas desconfianças.

Era começo de inverno, dia frio. Comprei um bom vinho tinto para tomar com Cynira. Ela abriu aos prantos a porta do apartamento: estava em choque. Apenas balbuciou que meu pai a prensara contra a parede, declarando-se apaixonado e que lhe daria tudo, o presente e o futuro.

Cynira reagiu com energia, dizendo que me amava. Gritou: não ponha a mão na namorada do seu filho, seu velho babão. Foi a tempestade completa. Fumamos baseado de maconha, à qual passara a recorrer para diminuir com sucesso minhas fortes dores musculares. Curtimos um momento de descontração em meio a esse tsunami. Deixei Cynira dormindo e fui para casa.

Cruzei com meu pai no café da manhã que me olhou com ódio. Apesar da presença de minha mãe, olhei bem nos olhos dele dizendo: "o que foi, velho babão?".

A vida passou a ser insuportável. Cynira tentou outro emprego, mas todos os dentistas pediam uma carta de apresentação, com relato do trabalho anterior dado por colega. Meu pai se recusara a dar qualquer declaração favorável àquela que fora auxiliar competente e dedicada. Me enfurnei no estudo.

Cynira candidatou-se e ganhou em fim de julho, por suas notas na faculdade e graças a dois pequenos trabalhos publicados, bolsa de estudos para pós-graduação na Universidade da Austrália Ocidental (UWA), em Perth, pequena cidade universitária costeira, para onde deveria seguir o mais cedo possível para curso preparatório de inglês, malgrado já conhecesse bem a língua. Fiquei só e convivendo com quem odeio e desprezo, o velho babão.

Não vejo a hora de também ir embora do Brasil. Só me falta dinheiro e esperar o fim do curso este ano.

Que grande coincidência, exclamou Alamiro. Também preciso de dinheiro e quero muito ir embora desse nosso país, consumido pela ignorância bolsonariana.

Mas você parece tão certinho, disse Cido, conte-nos então, sua desdita.

Alamiro

Como vocês se lembram, meu pai morreu quando eu estava no segundo colegial. Foi acidente na estrada para Goituba, no sul de Goiás, onde tinha uma fazenda de 3.000 hectares e milhares cabeças de gado.

Minha mãe logo que pôde vendeu a fazenda, porteira fechada, e passava as tardes no clube jogando tranca, bebendo e tendo aventuras nada recomendáveis. Fui morar em apartamento de quarto e cozinha, em Santa Cecília, onde aluguel é baratinho.

Cheguei a encontrar barrigudos, descabelados, saindo de manhã do quarto de minha mãe. Minha irmã mais velha, que sabe das coisas, foi morar com o namorado. Eu entrei na faculdade e misturava os estudos de arquitetura com arqueologia e fotografia de documentos históricos, cartas e papéis de família, mapas e projetos arquitetônicos, trabalhando no escritório de um professor de urbanismo ao qual me liguei.

Minha irmã e eu não quisemos pedir a interdição de minha mãe por alcoolismo ou por ser perdulária. Hoje me arrependo, mas é tarde.

Boa parte da nossa fortuna veio sendo consumida, entre whisky, jogo e aventureiros.

Minha irmã brigou com o namorado, mas ainda mora no mesmo apartamento que haviam alugado. Hoje tem um blog de esoterismo, tarô cigano, consultas amorosas com base em numerologia ou pelos signos.

Vi que não tenho vocação para arquitetura. Gosto mesmo de história e de registro de documentos. Mas, mais de tudo quero sol, liberdade, natureza e só penso em ir morar na Grécia e na Turquia, fazendo documentação de lugares que propiciaram a sabedoria antiga. Se pudesse até patrocinaria pesquisa e escavações arqueológicas. Todos nós sempre gostamos disso, lembram-se?

O que mais quero é sair do Brasil, ficar longe das bebedeiras da minha mãe e das previsões de minha irmã.

Mas, para realizar esse desejo de morar fora, tal como é também o de vocês dois, é preciso dinheiro. E por pura coincidência, uma oportunidade arriscada de faturar muito passou pela minha frente. É uma loucura, mas creio que na nossa situação vale a pena pensar no assunto.

Vamos lá, desembucha, disseram os dois, Cido e Lúcio.

A aventura

Bem! Enquanto vocês falavam, eu vim maquinando. Pareceu-me uma oferta a ser verificada o que vou lhes dizer. Como já disse, trabalho no escritório desse urbanista, que faz também registro fotográfico de documentos e papéis antigos, livros raros. Lá conheci muitos colecionadores, desde selos, cartas antigas, diários, testamentos.

Um colecionador conhecido, que ganhou muito dinheiro com uma rede de restaurantes, outro dia, enquanto eu fotografava cartas que ele obtivera do Barão de Mauá para funcionário elevado no então seu Banco do Brasil, documento valioso, disse-me que daria tudo e um pouco mais para possuir um livro antiquíssimo guardado na Biblioteca Mário de Andrade, na praça Bráulio Gomes.

Perguntei que livro era esse. Contou, então, que se tratava de um incunábulo, dos mais famosos. Disse ser extraordinário a biblioteca municipal de São Paulo ter um exemplar destes.

Quis saber melhor do que se tratava. O senhor X, deixo o nome oculto por segurança, disse ser um incunábulo, um dos primeiros exemplares impressos ainda com tipos móveis, de antes de 1.500. O exemplar guardado na Biblioteca Munipal é a famosa Crônica de Nuremberg, de Hartmann Schedel, em edição traduzida para o alemão em dezembro de 1.453. Imagine só! Esse livro tem mais de mil gravuras e relata a história do mundo. São pouquíssimos os exemplares.

Indaguei se estaria à venda, por acaso. Deu risada na minha cara: ora, é lógico que não, falou. Teria de ser uma busca e apreensão sorrateira, disse com galhofa. Já tenho um caminho possível, falta quem o execute. Daria milhões por essa "aquisição".

A conversa ficou nisso. Mas se toparem ser junto comigo os executores, posso entabular conversa. Poderemos ter o dinheiro para sair pelo mundo. Que tal?

A primeira reação foi um silêncio absoluto. Até que Cido perguntou: mas, é serio mesmo essa história?

É, lógico.

Lógico por que? Disse Lúcio

Por que não teria motivos para Mister X puxar uma conversa dessas se não fosse de fato uma realidade. Mister X é simpático, mas não brincalhão.

Mas qual caminho, então, que já ele tem preparado? Perguntou Cido.

Não sei. E só cabe saber se nós toparmos ir em frente. Não acham?

Mas, para aceitar é preciso ver as boas chances, sem risco de entrar em uma aventura como essa, argumentou Lúcio.

De acordo, opinou Cido.

Tá bem. Se concordam vou dizer que há um grupo disposto a executar, porém, precisam saber mais detalhes da viabilização da empreitada para darem o ok definitivo. Posso adiantar esse papo?

Pode, responderam Lúcio e Cido.

Alamiro disse que no dia seguinte Mister X iria ao escritório. E poderiam, então, ter logo um novo encontro dois dias depois, dia 13. Desde já, não deveriam conversar sobre isto por celular, por mensagens e se possível ir aos encontros sem celular, para não ficar registrado onde haviam estado na mesma hora e dia.

Combinaram, então, de se verem dia 13, naquele mesmo local, no final da tarde.

Lúcio pediu a Alamiro que já se inteirasse de tudo, inclusive de quanto ganhariam e como seria pago.

A conversa começou no escritório, mas logo Mister X convidou Alamiro a um café no bar da esquina.

Mister X estava mais interessado do que Alamiro. O incunábulo estava em arquivo de madeira fechado com chave, trancado em sala climatizada, em cuja porta havia duas fechaduras de segurança. Além do mais, havia alarme ligado todo o tempo. Só uma pessoa cuidava desta sala. Era essa pessoa, mulher ou homem, não podia dizer, que era seu contato e com a qual só ele teria contato.

Estava disposto a dar um veleiro Catamarã de 42 pés, posto n'água em 2.008, com dois motores em perfeitas condições, estacionado em Bodrum na Turquia, no valor de 100 mil dólares. Já havia cinco anos que deixara de velejar. Assim, dava uma garantia inicial. E depois 4 milhões de dólares. Como prova de boa intenção, passaria antes de receber o incunábulo, o veleiro no nome que determinassem. O valor em dinheiro seria dado depois de receber a preciosa prenda. Instituiria um trust no Panamá, tendo por beneficiários quem indicassem, sendo trustee ele, Alamiro. Era confiar ou largar. A passagem do veleiro ao nome de Alamiro ou de outra pessoa seria uma garantia para ele ou eles, pois se não cumprisse o avençado, poderiam denunciá-lo tendo por prova essa transferência.

Mister X trataria com o responsável pelo arquivo diretamente. Em outro dia, depois de contatar a pessoa responsável pelo arquivo, daria todas as coordenadas.

Mister X recomendou que os partícipes da aventura não mais se reunissem a não ser como se tivesse havido um encontro casual. E o mais importante: não se comunicassem por celular, nem o usassem nas reuniões e especialmente no dia do furto. Mister X combinou com Alamiro nova conversa para a semana seguinte, em um café do Shopping Iguatemi, como um encontro casual, já próximo do Natal com muita gente fazendo compras.

No dia 13, final de tarde, na mesa mais afastada da varanda do restaurante, lá estavam os três. Alamiro fez breve relato da conversa com Mister X.

Então é verdade mesmo, disse Lúcio que encarara com ceticismo a proposta de Alamiro.

Mas eu não falei que era verdade, poxa!!

Não só é verdade, como vem um veleiro, um catamarã de 42 pés de brinde. Maravilha. Vou me inteirar desde já como conduzir e se precisa de um ajudante treinado. Imagine, velejando no mediterrâneo com um catamarã?

Calma, rapaz, disse Cido. Calma. E qual a garantia que temos para o recebimento da grana? E como será a operação Incunábulo?

Primeiramente, pessoal: vocês desligaram os celulares? Eu já vim com o meu desligado. Eu desliguei, disse Cido. Eu não, falou Lúcio, que foi logo tirando do ar o seu.

Eu topo, falou Lúcio. Mas, gostaria de saber das garantias de sucesso da operação.

Eu também topo. Não discuto valor, nem saberia dizer se é bom ou não. Mas, um milhão e trezentos mil dólares lá fora mais um veleiro e almirante conduzindo é o que mais quero nesse instante. Só quero, como o Lúcio, saber da segurança da empreitada.

Eu sabia que vocês aceitariam, disse Alamiro. Poderíamos até pedir mais, pois um incunábulo como esse não tem preço. Mas, se pra vocês está bom, para mim também está. Agora, quanto à operação, fiquei de ter os detalhes se houvesse aceitação da proposta. E tenho encontro com Mister X na terça da próxima semana. Poderíamos nos encontrar na quarta às 17h30 na Livraria Cultura do Conjunto Nacional, junto aos livros de literatura brasileira. Ok?

E o veleiro, como saberíamos que foi passado em nosso nome ou no seu Alamiro?

Vou ver isso tudo. Agora sem celular, só encontro casual em livraria, conversando em pé em frente das estantes, observou Alamiro.

Terminaram o chopp e se despediram.

O Mister X estava de bermuda e camisa de linho sobre o cinto. Elegante como sempre, todavia. Exalava finesse. Tinha classe. No bar do corredor do Shopping, a conversa foi direta.

Então, como ficamos? Perguntou Mister X.

Eu e meus amigos, não digo quantos somos, topamos. E como saber da propriedade do veleiro? E qual o plano para retirada do material?

Tenho registro desse barco apenas na Sicília, em Siracusa, onde foi construído nos estaleiros da Italmar Cantiere Nautico. Vou providenciar a transferência. Para que nome? Disse Mister X.

Pode ser no meu, Alamiro Barbosa de Almeida.

Ótimo. Meu despachante na Itália é bem rápido, apesar da sabida burocracia italiana. Pode demorar um mês, mas a previsão da operação, segundo meu contato na biblioteca é mesmo para as vésperas do carnaval. O meu contato deve sair de férias em janeiro, assim, a operação deve ficar para a sexta antes do carnaval.

E continuou falando: assim, vocês ou você fazem um reconhecimento do local, veem bem os caminhos a seguir. O meu contato diz que muitas pessoas, sem teto, mas regularmente vestidas, alguns com lençóis nos ombros passam a noite na biblioteca. Por pena, a administração há anos está permitindo. Ficam apenas dois guardas e por vezes o meu contato trabalhando, especialmente às vésperas de feriado.

E daí? O que devo fazer para chegar ao arquivo?

Mister X deu instruções: há no canto à direita, no fundo do salão principal, uma porta pequena, disfarçada com uma almofada de couro bordô. Ela leva a uma sala de pé direito alto. No mezanino há uma outra porta também pequena e no seu interior a caixa de madeira, onde se encontra o incunábulo.

Mister X tossiu e continuou: eu entregarei a você, em fevereiro, um dia antes da operação, uma cópia da chave da primeira porta, a de almofada de couro. Deixe na fechadura do lado de dentro. A porta existente no mezanino estará apenas encostada. Serão cinco minutos, o tempo de ida normal dele ao banheiro. Quem for, deve ir mal-ajambrado, mal vestido, com sapatos gastos e camisa puída. São estes os frequentadores noturnos da biblioteca. Leve a prenda para seu apartamento, que é em Santa Cecília, como me disse um dia. Mas teremos tempo, completou Mister X.

Na livraria Cultura do Conjunto Nacional, fizeram a encenação do encontro fortuito. Folheando a biografia de Lima Barreto e apontando ora ou outra para alguma foto, Alamiro relatou a trama combinada. Não houve muitas dúvidas, apenas combinaram que cada um iria visitar a Biblioteca Municipal.

Cido sugeriu que Alamiro fosse o pé rapado a pegar a prenda. Ele, com sua predisposição para gay, ficaria fora andando pela redondeza, do jeito que andava em casa do Gil fazendo arrumações. Ele pegaria a prenda das mãos de Alamiro e levaria a Lúcio que estaria no carro, na esquina abaixo esperando.

Teriam encontros às quartas-feiras por volta das 18 horas, com rodízio, primeiro na livraria da Vila, da Lorena, depois na Cultura do Conjunto Nacional, depois na Cultura do Shopping Iguatemi.

O plano parecia bom. Todos visitaram a biblioteca e estudaram bem o que deveria ser feito. Não havia segredos. Era só ter a chave da porta de almofada de couro bordô. Poderiam até ensaiar. E foi o que fizeram, como combinado no encontro da Livraria Cultura do Conjunto Nacional: nas três últimas terças-feiras, dias 15, 22 e 29 de janeiro, Alamiro, bem apresentado como meio esfarrapado, Cido, com um saiote e uma sandália de salto Anabela, bem treinaram a saída da biblioteca, trazendo Alamiro um jornal debaixo do paletó largo e velho, que cruza com Cido e lhe passa o maço dobrado do Estadão. Cido, em direção à Xavier de Toledo, encontra Lúcio estacionado quase na esquina abaixo, joga o jornal pelo vidro traseiro aberto. O automóvel acelera.

No dia 4 de fevereiro, Mister X apareceu no escritório de Alamiro. Quando teve oportunidade sussurrou: recebi o documento de transferência do veleiro para o seu nome no registro de Siracusa. Vou deixar em cima de sua mesa. Está tudo combinado com o arquivista. Será sexta-feira, véspera de carnaval. Na própria sexta, dia 21, início da tarde, passo para entregar a chave, neste dia, passe-me os nomes dos beneficiários do trust.

No dia seguinte, teriam encontro, sempre iniciado pela manifestação de surpresa, na Livraria Cultura do Shopping. Alamiro, animado, contou ter recebido documento de propriedade do veleiro, vindo de Siracusa, em seu nome.

Por pouco não comemoraram. Agora só se veriam na quarta anterior ao carnaval, apenas para ver se estava tudo em ordem. Depois só na sexta, no dia da operação. E no final do ano, terminadas as aulas, caminho da Turquia. Mesmo com a chegada do inverno, valia a pena, com dinheiro na conta.

Foi na quarta-feira, dia 19 de fevereiro, dia de calor intenso, que fizeram o último encontro casual, antes da operação incunábulo. Foi breve a conversa, apenas confirmaram estarem bem seguros do papel a ser representado por cada um. Alamiro pediu que todos tivessem a paciência para esperar quase um ano para desfrutar da liberdade que o dinheiro traria e mais tempo ainda para sair de veleiro. Só em abril ou maio, com a chegada da primavera na Europa. Estavam todos animados, só olhando o futuro.

Eram 21h30 da sexta-feira, dia 21 de fevereiro de 2.020. Alamiro nos seus andrajos, mas com um velho e largo paletó, levando uma chave no bolso, já se encontrava vendo livros na estante próxima ao canto direito do salão.

Cido, em sua roupa de travesti, percorria a frente da Biblioteca Municipal Mário de Andrade. Lúcio na direção do carro estacionado na rua lateral da praça Bráulio Gomes, junto à Xavier de Toledo.

Foi um encontro casual, no saguão da 4ª. Delegacia à rua Barão de Paranaguá. O primeiro a entrar foi Cido, acusado de ato obsceno. Lúcio fora encontrado com uma porção de maconha nos bolsos e iriam examinar se seria qualificado como traficante ou usuário portando entorpecente. O último a entrar foi Alamiro, preso para averiguação, mendigo dentro da biblioteca sem documentos pessoais.

A guarda municipal, em colaboração com os policiais civis da 4ª. Delegacia, na véspera do carnaval, resolveu fazer um rapa preventivo no centro da cidade, mais propriamente na região da Av. São Luís. Alamiro, que estava no fundo do salão, ao ver entrarem os policiais ainda teve tempo de jogar a chave para trás de uma fileira de livros.

Os três, encabulados, sem incunábulo, não esperavam por esse novo encontro casual.